Los hombres perfectos © Lola González, 2022
Fotografía de cubierta © Matthew Henry en Unsplash

A mis padres, por regalarme la vida.
A Ricardo, por surfear la incertidumbre conmigo.

A Eliane que se sumergió en esta historia con la lupa crítica que necesitaba. Gracias por estar ahí, siempre.

Would you not like to try all sorts of lives — one is so very small but that is the satisfaction of writing — one can impersonate so many people.

KATHERINE MANSFIELD

Los hombres perfectos

Living is a form of not being sure, not knowing what next or how. The moment you know how, you begin to die a little.

AGNES DE MILLE

1

Gala:

Ya está aquí el idiota

El idiota es mi marido, Nico. Bueno, sólo en los papeles. Podría decirse que es el marido de Lili de manera extraoficial. Él es un tipo afortunado y ella le dará una segunda oportunidad (tal vez fallida, ya lo siento) cuando Nico le convenza, con lágrimas en los ojos, de hacer borrón y cuenta nueva. Para él, esta es sólo una batalla más, quién sabe si la definitiva, en su historial de ganador.

Hubo un tiempo en el que Nico no era el idiota, claro. Era incluso *gordi*, *peque*, todos esos diminutivos ñoños que usamos las parejas como en automático sin pararnos a escuchar su sonido y, por tanto, sin darnos cuenta de lo ridículos que resultan.

Y hubo un tiempo en el que yo, otra yo (¿cuántos *yos* somos a lo largo de una vida?) me equivoqué de desvío en mi aventura y acabé dentro del cuento que jamás me creí, con el príncipe azul que no buscaba, que en realidad no quería. Son cosas que pasan. Lili y yo nos conocimos hace un año, cuando descubrimos que compartíamos a Nico a tiempo parcial en dos continentes distintos y que, gracias a él, cada una consiguió lo que quería. Sé que no todos los días se alegra una al descubrir que la están engañando, pero en este caso es así. Yo me alegré y mucho.

Empezaré por el principio.

Conocí a Nico en una fiesta en Madrid, cuando yo aún vivía en Berlín, de la forma en la que nos conocíamos la mayoría en la era pre- Tinder, cuando aún no existía WhatsApp y todavía se oían piropos desde los andamios. Ha llovido mucho sobre todo eso y debo decir que lo echo de menos. Aquello de «Vete por la sombra que los bombones al sol se derriten» me sigue pareciendo una gran frase.

Mi amigo Jorge, compañero de facultad y de inolvidables juergas, me había invitado a las copas de una francesa que lo tenía loco. Yo era su coartada, el típico «voy con una amiga» así sin definir, para que a la francesa no se le subieran los humos. Charlotte, que así se llamaba la rubia normanda, vivía en un piso compartido en Malasaña y cuando Jorge y yo llegamos a su casa el copeo ya estaba en su punto álgido con el inevitable y chapucero *playlist* a todo trapo y una nube de humo de procedencia variada que nos abofeteó la cara nada más abrir la puerta.

Charlotte nos saludó efusivamente con un «¡HOLA!» subido de tono porque eso es lo primero que piensa un extranjero de nosotros: que gritamos, que vocear es parte indisoluble de nuestra lengua. Era guapa y estaba pedo, con ese descuido a la francesa tan sexy, despeinada *como si no le importara* pero oliendo a Guerlain. La saludé con otro grito, por solidaridad, «¡ENCANTADA DE CONOCERTE!» y la dejé con Jorge, que ya dibujaba el final de la noche en sus ojos rasgados, rezumando deseo.

Al cruzar el umbral de la puerta hice un repaso rápido a mi alrededor, aguzando la vista para comprobar lo que me temía: que ese no era mi sitio. Escudriñé los diferentes grupos de gente concentrados en el salón de la casa y me recordé a mí misma que en el fondo yo sólo estaba ahí como una buena amiga en calidad de carabina. Me acerqué a la barra improvisada en el salón, esa barra que en la veintena siempre consiste (¿o debería decir consistía?) en dos mesas juntas atiborradas de botellas de alcohol abiertas, latas de refresco llenas de ceniza en los bordes y un bol de hielo manoseado, ajeno a la paranoia de gérmenes y pandemias.

No niego que en ese momento echara de menos unas pinzas para el hielo, pero no me pareció el lugar más indicado para ponerme exquisita. Cogí los cuatro cubitos que estaban más pegados a los bordes del bol (menos sobados según mis principios de estadística doméstica), la botella de Tanqueray y una lata de tónica abierta pero sin ceniza que rescaté de una esquina de la mesa.

Cuando me estaba sirviendo la última *lagrimita* de ginebra alguien se puso a mi lado y oí un «Qué tal», pero estaba tan concentrada en mi mezcla matemática (ojo con estropear un gintonic) que hasta que no terminé no pude levantar la mirada. Lo primero que vi fue su sonrisa, luminosa y nívea. Me pareció que estaba tan fuera de lugar como un panfleto anunciando carillas perfectas en un festival de música *indie*.

—Hola, soy Nico —dijo.
—Yo soy Gala. ¿Qué haces aquí? —disparé sin pensar, en un claro intento por conectar a un tío así en un lugar como ese.
Nico se rió por mi atrevimiento, mostrando de nuevo una sucesión inmaculada de prototipos dentales.

—Acabo de volver a Madrid. Charlotte me dijo que daba unas copas hoy y no me lo he pensado mucho, era esto o quedarme en casa viendo una serie.

—Pues no sé qué decirte… —contesté.

—¿Y qué te trae a ti por aquí? —respondió con una carcajada. ¿Eres amiga de Charlotte?

—No, la acabo de conocer. He venido con mi amigo Jorge, ese que está ahí, el alto que se la come con la mirada.

Charlotte reía en ese momento con la cabeza ladeada dejando el cuello al descubierto y a Jorge le estaban empezando a crecer los colmillos.

—Ya veo —dijo Nico—. Ella parece que está encantada también.

—Sí, no hay ninguna duda. ¿No ves su pelo, perfectamente revuelto a la francesa? Está lista para seducir.

—Jajaja ¿ah sí? ¿Y cómo es eso? ¿Las francesas tienen esa técnica? —contestó él—. C´est bon.

—Ese acento no suena como el mío. ¿Por qué?

—A lo mejor porque fui al Liceo y he vivido diez años en Paris.

—Venga ya. ¿Y no te habías dado cuenta de esa dejadez casual, de ese *je ne sais quoi* de las francesas? No te creo.

Encogió los hombros y puso cara de inocente, un gesto que me pareció poco creíble. Estábamos delante de la barra y empezábamos a molestar a todos los que venían a rellenar sus vasos, así que cogimos las copas y buscamos un rincón en el sofá que teníamos enfrente, desvencijado y hundido en el centro, de un color pardusco y con la huella de muchos estudiantes y muchas fiestas como aquella. Al lado del sofá había una lámpara de pie, con la campana torcida y sucia, que aún conservaba por partes algún recuerdo de su color crema original. La luz era tenue, amarillenta, pero suficiente para que no pareciera que estábamos buscando intimidad.

Nico me contó que trabajaba en el departamento de *marketing* de una farmacéutica y que estaban desarrollando una nueva prótesis biomédica que prometía recuperar el sentido del tacto en pacientes que tuvieran las manos amputadas. Casi nada. Hablaba con mucho entusiasmo de su trabajo y yo le presté atención con más curiosidad que interés. Se notaba que le gustaba oírse, que se sentía importante y muy seguro en ese terreno. Yo le conté que era editora y que estaba especializada en ficción, pero que a veces echaba una mano con las colecciones de autoayuda o lo que entre colegas llamábamos «cómo aprender a vivir y no morir en el intento». Él me miraba solícito, me dejaba hablar e intervenía sin atropellar, con una cortesía de manual. Demasiado perfecto y con un punto indescifrable que me incomodaba un poco.

Le hablé de la última rueda de prensa que había ayudado a organizar para presentar un libro de juguetes eróticos. *Autoayuda en el sentido estricto de la palabra*, le dije. Le conté que después de la rueda de prensa había quedado a comer con mi madre en un restaurante y que nada más entrar se me había caído el bolso al suelo, expulsando de su interior un puñado de aros vibradores y varios botes de lubricante, para estupor de mi madre y del resto de comensales a nuestro alrededor. La autora me los había endiñado a la salida de la presentación, tal vez con la idea de sobornarme para que le diéramos un empujón de ventas a su libro. En esa ocasión Nico se rió de verdad, quiero decir sin el disfraz de los modales por una vez. Seguimos hablando un buen rato y debo reconocer que me mantuvo entretenida hasta que un alboroto en la entrada de la casa nos sacó de esa especie de burbuja en la que nos habíamos metido. La puerta de la calle estaba abierta y desde el sofá podía ver a mi amigo Jorge moverse por el descansillo, hablando con unos y con otros, con los ojos desencajados y gesticulando nervioso. Me levanté de un salto y fui corriendo hacia él, que en ese momento estaba parado en el umbral de la puerta.

—Jorge, ¿qué pasa?

—Joder, Gala. Se acaba de caer uno de los mejicanos al patio.

—¿Cómo? ¿Qué mejicano, qué dices, dónde?

El piso en el que vivía Charlotte estaba en una corrala de esas antiguas que aún hay en algunos edificios del centro de Madrid. Tenía una barandilla de madera que rodeaba todo el perímetro de la planta. Cuando salí al pasillo, vi una masa de gente apoyada en el pasamanos, mirando para abajo. Me hice un hueco entre el bulto y pude ver al mejicano, que se llamaba Francisco, tirado en el patio bocarriba, con una expresión más de milagro que de dolor. Según me contó Jorge, Francisco estaba con unos cuantos amigos apoyado en la baranda de madera cuando ésta cedió con el peso, dejando caer a plomo al más corpulento. La altura era de unos cuatro metros y Francisco, de dos por dos, se había estampado contra el suelo como un fardo. Ahora yacía tranquilo mirando a su público, con semblante místico, quejándose ligeramente del golpe que no parecía grave. Afortunadamente, Francisco traía incorporado de fábrica un colchón natural de triple capa que le resguardaba todos los huesos. Esa ventaja, sumada a una tasa considerablemente alta de alcohol en sangre, le estaba protegiendo temporalmente del dolor. Los que estaban allí congregados, se debatían entre llamar o no al SAMUR. Una discusión inútil, obviamente, porque eran las cuatro de la mañana y los tertulianos eran veinte borrachos tratando de juntar palabras para convertirlas en frases. Jorge tenía el permiso de residencia caducado y eso fue suficiente para que se le despejara la mente de un plumazo. Cuando comprobó que el colega estaba fuera de peligro, vio de forma cristalina que el que corría peligro era él si nos quedábamos ahí a esperar a que llegara cualquiera a pedirnos el DNI. Así que, *Galita nos tenemos que ir*, me susurró, y yo me asomé el quicio de la puerta para despedirme de Nico que seguía sentado en el sofá ajeno a la revuelta. «Nos vemos», le dije (igual que decimos todos cuando sabemos que lo más probable es que no nos volvamos a ver) antes de que Jorge me cogiera del brazo y nos fuéramos a la francesa. Como no podía ser de otra manera.

Nico me devolvió el saludo desde la poltrona con un par de destellos luminosos de esmalte dental y con el tiempo entendí que lo que para mí había sido una noche entretenida, sin más, para él había sido el inicio de la conquista. Si yo pensé en pedir presupuesto para hacerme un blanqueamiento, él pensó que no se iría de la fiesta sin conseguir mi número de teléfono.

A la mañana siguiente me contaron que Francisco estaba bien, que cuando oyó que alguien sugería llamar al SAMUR resucitó como Lázaro. Se levantó de un salto con un *No mames* y volvió a la fiesta para ponerse otra copa.

Jorge estaba abriendo la puerta de su casa cuando Charlotte, aturdida, lo llamó para darle el parte. Él la escuchó atentamente y aprovechó el golpe de suerte que se le presentaba con la francesa, después de una noche que había resultado infructuosa hasta ese momento. Entornó los ojos con picardía y cerró la puerta tras de si para volver a casa de Charlotte triunfante, con el pretexto de disculparse por haberse ido sin decirle nada y, ya de paso, llevarla al mejor sitio para desayunar en Madrid cuando el alba empieza a despuntar. Mi gran amigo, siempre dispuesto a asistir a una dama en apuros.

Cuando Jorge me preguntó por mi noche yo le hablé de Nico por encima. «Por lo menos me mantuvo entretenida mientras tú te camelabas a Charlotte…» Oí su risa canalla al otro lado del auricular «Ay mi Galita, ¿no te habrás enamorado?».

Pero qué dices güey… Yo, la reina del NO.

2

Soy la pequeña de cuatro hermanos y me llevo diez años de diferencia con Matías, el que me sigue en orden ascendente. Eso significa que llegué tarde a una familia ya muy rodada y les moví un pelín los cimientos. Salí de mi madre como un cohete húmedo en dos empujones y quedó claro desde el principio que yo no era de doma fácil, al contrario que mis hermanos. Mi primera palabra no fue la tierna y conmovedora *mamá*. Mis primeras palabras fueron en realidad dos, ya conjugadas: *No quiero*.

Péinate: No quiero.

Ponte un vestido que vamos a ver a los abuelos: No quiero.

Cómete el filete: No quiero.

Vete ya a dormir: No quiero.

Vuelve a casa antes de que amanezca: Lo intentaré.

A los dos años escupí el chupete *motu proprio*, una proeza al parecer, y a los tres empecé la guardería, ya con un ansia de mundos nuevos que apenas me cabía en un cuerpo tan pequeño. El primer día de guardería suele ser un drama en el que lloran madres y niños por igual y en el que las profesoras aguantan el chaparrón siguiendo diferentes estrategias, según el método al que estén afiliadas. Está el bando de las profesoras sensibilizadas con el sistema Montessori, las del desapego progresivo, las que susurran con dulzura eso de *mamá quédate un rato con nosotras*. El equipo contrario, el del método popular, está liderado por maestras de piel dura que se limitan a mirarte con bravura como diciendo *déjate de tonterías y vete ya, el destete cuanto más rápido mejor*. A mi madre, qué suerte la suya, le ahorré el trago de las lágrimas y de tener que descubrir su postura pedagógica porque yo ya tenía clara la mía.

En cuanto llegó la oportunidad de incorporarme a filas, cogí el petate (una bolsa de cuadros Vichy con mis iniciales bordadas y un Petit Suisse para la hora del recreo) y le dije adiós a mi madre desde la puerta. Ella, todavía en bata, se limitó a vigilar que recorriera sin problema los doscientos metros que separaban nuestra casa de la guardería, entre estupefacta por mi valentía y aliviada por no tener que lidiar con el capítulo de los lloros y la psicología infantil.

Más adelante, cuando la cosa se puso seria en el colegio, no fui nunca una alumna modelo, de esas de repasar la lección a diario y pasar los apuntes a limpio. Fui la estudiante de último minuto que la tarde antes del examen fotocopiaba los apuntes de las de la primera fila. Pero siempre tuve buena memoria a corto plazo así que la mayoría de las veces salvaba los muebles, ganándome con eso la desconfianza de las de la primera fila, que me miraban con recelo cuando daban las notas porque estaban convencidas de que mentía y que en realidad me aplicaba tanto como ellas.

Mi adolescencia fue callejera, como procede cualquier pubertad digna de serlo. Se me daba francamente bien estar fuera de casa hasta que no hubiera más remedio que volver, saltando de un grupo de amigos a otro y normalmente quedándome al final sola con los chicos que, por algún motivo, tenían mejores acuerdos con sus padres en eso de la hora de llegada. Mis únicos rasgos intelectuales eran la música y una afición desbordada por leer cualquier cosa, incluidas las etiquetas de los alimentos con sus ingredientes detallados, que me parecían de lo más exótico. Me costó muchísimo aprenderme los ríos de España, su nacimiento y su desembocadura, y sin embargo se me grabaron para siempre palabras como glutamato monosódico (presente en el envase de Avecrem), acesulfamo-K (un peligroso nuevo amigo cuando arrancó la cruzada contra el azúcar) y ese listado de lo que a mi me parecían matrículas y que tan de moda se puso en los noventa cuando empezaron a proliferar los productos precocinados y la bollería industrial. La famosa lista E- (el formaldehído, el carragenano), que pasó de estar dentro de las neveras de muchas casas en forma de suculentos flanes, por ejemplo, a ocupar un puesto de honor fuera, en un papel bien grande sujeto a la puerta con un imán. Recuerdo ver ese papel en la nevera de mi casa y en la de mis amigas, una cuartilla muy pulcra en la que aparecían listadas en negrita todas esas matrículas E-. Supongo que era para que nuestras madres tuvieran claro los nombres y apellidos de los recién descubiertos E-nemigos.

Así que leer me lo leía casi todo y lo sigo haciendo, es de las pocas costumbres que no he ido perdiendo por el camino. Tengo, además, una relación curiosa con los libros, casi esotérica. Diría que la mayoría de las veces, en lugar de elegirlos yo a ellos, son ellos los que me eligen a mí. Suena estrambótico y lo sé, pero como dijo Madonna, vivo ejemplo de la filosofía teológica contemporánea: *Life is a mistery.*

Me sucede a menudo. Podría decirse que los libros se me aparecen por casualidad y cuando me sumerjo en ellos descubro que quieren enseñarme algo muy concreto, que suele estar relacionado con lo que estoy viviendo en un momento determinado. Oh, magia. Como si vinieran a avisarme de aquello que me ha pasado inadvertido. El problema es que a veces no estoy preparada para recibir el mensaje. O no quiero estarlo, más bien, porque eso significaría enfrentarme al espejo cuando no me atrevo a mirarme a la cara.

Aparte de no querer *escucharlos*, cuento con otra desventaja: un fallo de fábrica en lo que a memoria a largo plazo se refiere. No soy capaz de retener información precisa durante mucho tiempo. Ya se lo dije a las repelentes de la primera fila en el colegio y se lo digo siempre a cualquiera que me pida que le cuente en detalle la trama de una novela que me haya leído hace un mes. Aunque me haya encantado. Es así de triste. No sé si será porque hay épocas en las que leo de forma compulsiva, encadenando un libro con otro, sin darme tiempo a digerirlos. Y entonces mezclo ficción y realidad, argumentos y personajes, construyendo con ese puré un nuevo libro en mi cabeza. Puede que sea un poco adicta a navegar por las tempestades de otros porque, a fin de cuentas, no son tan distintas a las mías. Las miserias, las dudas y las alegrías son todas las mismas pero pintadas de colores diferentes. Creo que sólo se trata de encontrar el color que va contigo.

Cuando tenia nueve o diez años gané un concurso de lectura en el colegio porque me leí la colección completa de "Elige tu propia aventura Globo Azul". De aquel gran acontecimiento me llevé un regalo (diez libros de la colección "El Barco de Vapor", la que sería mi siguiente adicción) y tres conclusiones: que lo mío era leer, que la vida es un juego en el que puedes modificar el transcurso de tu historia y que en mi familia no era muy popular eso de elegir tu propia aventura o la versión anglosajona del *express yourself*. No es que hubiera un boicot directo a las pasiones, era más como un rumor silencioso, una sombra de burla ante cualquier intento de emoción.

Mi padre era el único que se atrevía, de vez en cuando, a mostrar una cara lírica. El problema es que enseguida chocaba con la cara prosaica de mi madre. A saber, la imagen de una señora poniendo los ojos en blanco y farfullando con desdén:

Ya-estás-otra-vez

Déjate-de-tonterías

Anda-ya-Paco

Porque, en mi casa, cualquier cosa no lógica se llama Tontería, definición de madre. Y porque Paco tenía acumulados varios kilos de Tontería en poco más de un metro setenta de estatura y grandes sueños silenciados en esa España del pudor y del qué dirán, la España de las camisas bien planchadas y del como Dios manda.

Aún así, los domingos, mi padre sacaba pecho y encendía la minicadena. *Ahí la llevas Anita*. Ponía sus casetes y más tarde sus cedés, con la llegada de la modernidad. Su catálogo musical, con una clara tendencia a la melancolía, se mantuvo siempre intacto al paso de los tiempos.

El espectáculo arrancaba a eso de las diez de la mañana, a la hora en la que otros estaban comulgando. Mi padre apretaba el triangulito del mando y cuando asomaban por el altavoz los primeros acordes de Los Fronterizos (folclore argentino en estado puro, con sus almas llaneras y sus llantos existenciales) en la cara de mi madre se dibujaba automáticamente la línea del desaire: *Ya estás otra vez Paco*. Siempre pensé en lo acertado de ese nombre para la banda: Los Fronterizos. Yo creo que ellos ya sabían, cuando cantaban sus penas, que estaban en el límite entre lo razonable y la Tontería. Como nos pasaría a todos si nos atreviéramos a cantar nuestras milongas de esa forma tan descarnada.

La mecánica de los libros de "Elige tu propia aventura" era sencilla pero vanguardista para la época. Se presentaba un problema o una situación a resolver y varios caminos que tomar, que enlazaban con distintos finales, más o menos trágicos, más o menos previsibles. Estos libros fueron el origen de los librojuegos y de una forma de leer interactiva, un término que hoy nos parece evidente pero que no lo era tanto hace treinta años. En un libro (en una vida como me parecía a mí) cabían muchas historias distintas. Me gustaba empezarlos una y otra vez, elegir los diferentes caminos para ver dónde acababan, aunque las opciones eran bastante limitadas y siempre contaba con la ventaja de saber que si mi personaje moría, resucitarlo era tan fácil como volver a la primera página. Siempre me parecía que el peor camino, el más aburrido, era el que parecía evidente. Por lo general era mucho más divertido explorar las opciones menos previsibles.

No sé si fue el efecto de esos libros mezclado con el cóctel existencialista de la adolescencia, el caso es que a los dieciséis años escribí en un papel: «Entre la Muerte y la Nada, me quedo con la Muerte» y lo pegué a la cabecera de mi cama. Este principio juvenil me acompañó durante muchos años como una oración, la sustitución laica del "Cuatro angelitos tiene mi cama". Yo no quería desembocar en la Nada. No quería seguir un camino recto, no me dejaría arrastrar por la senda de lo previsible. Ese mantra, creía yo, sería mi filosofía de vida.

Hasta que la cagué.

3

En algún momento del camino hacia la madurez, si es que existe tal cosa, perdí mi brújula, que creía indestructible pero que no pasó la prueba de fuego: esa época en la que definirse a uno mismo se confunde con igualarse a los demás.

Ojo con ser muy tiquismiquis, ojo con aspirar a lo imposible, mira tu tía Maruca que se quedó sola de tanto buscar.

La cantinela de mi tía Maruca, el consejo gratuito que mi madre repetía como un estribillo de fondo, como una advertencia lanzada al vacío.

La brújula que guardé en mi bolsillo durante tantos años, la que acariciaba en silencio para que fuera real, para que no dejara de existir, desapareció un buen día. Y, sin darme cuenta, olvidé que entre la Muerte y la Nada yo había jurado quedarme con la Muerte. Sin darme cuenta, empecé a esbozar de forma inconsciente un dibujo con una casita y un río y dos monigotes sonrientes que se daban la mano. Tan naíf y tan peligroso. Caí en la trampa de la seguridad, del camino recto y de las certezas absolutas.

Bienvenida a la Nada.

Hice lo que era *razonable* y asumí un rol que me sorprendía en los pocos momentos de lucidez en los que era capaz de verme a mí misma desde fuera, vestida con un disfraz tres tallas más grande. Carcomida por esa gigante Nada, la clarividencia se esfumaba pronto y sus visitas eran cada vez más fugaces. Los chispazos desaparecían y volvía a mi vida pequeña y ordenada: *shh, no te despistes, pon la pasta a hervir, contesta ese e-mail de una vez. Madura.*

Antes de irse a casa la noche de la fiesta en Malasaña, Nico consiguió mi número de teléfono a través de Charlotte. Me mandó el primer mensaje *inofensivo* una semana después: «¿Cómo estás? me gustó mucho conocerte». Ese sería el comienzo de nuestra relación y el principio de mi fin. Empezó a viajar a Berlin para verme casi cada fin de semana. Yo estaba en mi territorio y aún tenía el control sobre mi vida y por tanto todo fue relativamente fácil. No tenía que implicarme y no voy a negar, además, que el juego de la conquista, de los mensajes y las llamadas nocturnas era emocionante. Aunque en ese punto él ya calculaba la vida que tendríamos juntos y daba por sentado un futuro Mr. Proper, yo era feliz de vivir como vivía, al día, dejándome querer. Recuerdo perfectamente el primer viernes que vino a visitarme, con su impoluta gabardina azul marino, proyectando la imagen de un Ken de sonrisa inmaculada al encuentro de su Barbie. El problema es que yo no era una Barbie.

Si echo la vista atrás, no sé cómo le pudo gustar mi corte de pelo *long bob*, mis vaqueros raídos y la camiseta de Space Oddity que llevaba puesta cuando le recibí en mi casa. Claro que tampoco entiendo cómo no salí yo corriendo cuando vi la gabardina.

Así transcurrieron cincuenta y dos viernes, repartidos entre paseos, cenas y planes que yo siempre organizaba a mi antojo y que Nico aceptaba sin rechistar. Estaba dispuesto a conquistar un territorio que él ya veía resbaladizo y que por tanto le excitaba el doble, a los ganadores siempre les gustan los objetivos difíciles. A los doce meses de cortejo perseverante, yo misma me metí en mi trasportín, camino de Madrid y de la domesticación. Ahogué mi propia voz, esa que de fondo luchaba por hacerse oír (*no lo hagas*) hasta que perdió toda la fuerza. Justifiqué mi decisión, chula y segura como me creía entonces, abrigándome en la idea de una oferta de trabajo irrechazable en una editorial importante y, con tristeza también, me convencí de la vuelta a España porque mi abuela estaba despidiéndose de la vida y quería estar cerca de ella en el momento del inevitable adiós.

Cuando llegué a Madrid, antes de instalarme por mi cuenta, pasé unos días en casa de mis padres. Volví a la habitación de mi niñez. Una tarde, repasando los libros que descansaban en las estanterías, cogí Momo, de Michael Ende, instintivamente, como al azar. Ahora sé que no fue una casualidad. Esa fue una de esas veces en las que un libro *me eligió*. Momo venía a avisarme de que me estaba metiendo donde no me correspondía y no le hice caso. Esa niña salvaje, enfrascada en su lucha contra los hombres grises, se me apareció aquella tarde para recordarme que los hombres grises defienden un estilo de vida en el que no se pierde el tiempo con cosas no racionales como los sueños o el arte, con el placer de los pequeños momentos. Los hombres grises persiguen el *producto* (la carrera profesional, la casa, el coche, la familia) y no valoran el proceso de producirlo, que es la vida, en definitiva. La vida, también para ellos aunque no lo crean, que es dinámica y cambiante, caprichosa e impredecible. La vida que se ríe de nosotros cuando intentamos planificar demasiado.

Momo venía con un mensaje implícito a tenderme una mano pero yo no supe ver las señales. No vi que Nico era, es, uno de esos hombres grises. Enfocado en objetivos, entrenado para la eficiencia, programado para ganar. Y yo, un pájaro que improvisa el nido. Lo pienso ahora desde la distancia, física y temporal, y se me dibuja una medio sonrisa.

Conseguí una habitación en un piso compartido con una conocida de una amiga mía, que vivía con un alemán de cincuenta años. Al alemán, que se llamaba Rainer, le gustaba etiquetar con su nombre los armarios de la cocina en los que guardaba su comida, por si acaso de madrugada caíamos en la tentación de comernos sus latas de chucrut o de apio conservado en vinagre. Se pasaba el día al ordenador, vendiendo componentes eléctricos online (o eso decía) y vociferando *Scheiße*, ósea *Mierda*, constantemente. Me habría encantado mantener alguna conversación con él en alemán pero, las pocas veces que nos cruzamos por la casa, sólo conseguí que levantara la barbilla a modo de saludo.

Madrid es como un viejo amigo que te espera con los brazos abiertos, que nunca te reprocha que te fueras. Y aunque había sido mi territorio, ya no lo era tanto, después de haber vivido en Berlín casi diez años en los que desconecté prácticamente por completo de esa ciudad de mi infancia y mi primera juventud. Así que los primeros meses los absorbí como esos turistas ansiosos que quieren exprimir al máximo una visita de fin de semana. Conseguí arrastrar a Nico a algunos de mis planes de *guiri*, lo llevé al Matadero y lo convencí para ir al microteatro, lo paseé por exposiciones de artistas emergentes sobrados de entusiasmo. Creo que él se metió en mi universo con obediencia, cumpliendo con su función de consorte, pero sin acompañarme en la emoción. A Nico le conmovían otros asuntos más prácticos, como una buena inversión inmobiliaria o la idea de una familia de postal. Desde que nos conocimos me sorprendió la claridad con la que proyectaba su futuro. De forma natural, como el que sabe que siempre consigue lo que se propone, me hablaba de la familia que *seríamos*, de los hijos que *tendríamos*, de la madre perfecta en la que me *convertiría*. Y aunque yo me resistía a creerlo y a pensar en futuro, algo que nunca me había interesado en realidad, al final me dejé embaucar por esa melodía y acepté como algo romántico lo que no eran más que fórmulas de Excel que él iba resolviendo en su cabeza. Siempre se acordaba de todo y parecía mostrarme atención aunque lo único que estaba haciendo era registrar datos en su computadora mental, codificada para no fallar.

Nos casamos (¿me casé?) delante de cuatrocientos invitados, nos fuimos a vivir a la casa ideal que sus padres le habían regalado y yo me metí en esa espiral adulta y peligrosa, en la que se premia lo cerebral y se dejan a un lado las sensaciones. Me convertí sin darme cuenta en la Señora de Gris. Pero no como las señoras que adoptan el apellido de sus maridos, sino como las señoras que absorben el color de sus maridos, que es mucho peor. Empecé a vivir de forma planificada y predecible, con un marido perfecto y un trabajo de adulta respetable, en el que me dedicaba a leer las aventuras de otros sin tiempo para repasar las mías, anestesiada como vivía en mi mundo sin fisuras.

Profesionalmente no podía quejarme, eso es verdad. Diría que fue el único terreno en el que seguí siendo yo misma. Estaba en una de las editoriales más importantes de España y confiaron en mi criterio desde el principio, dándome la posibilidad de reeditar algunos clásicos y de lanzar varias novelas de éxito. Así que pude seguir viviendo de mi pasión por la lectura. Aún recuerdo el día en el que firmé el contrato. Llamé a mi madre, emocionadísima, para contarle que me iban a pagar por leer cosas *serias* «¿Te lo puedes creer, mamá?». Como era de esperar, ella me contestó que ya era hora de que dejara de trabajar con libros de guarrerías (es decir, sexo) y de chorradas como aprender a respirar.

Más adelante descubriría que no me pagarían exclusivamente por eso, claro, pero leer era una parte fundamental de mi día a día, así que el resto de tareas más tediosas no me pesaba. Al fin y al cabo, lo que me gustaba era la variedad, el saber que cada día era diferente.

Porque en casa, sin embargo, era todo lo contrario: las vacaciones pautadas, las salidas programadas, el orden. Todo era previsible, con lo que me ha espantado siempre esa palabra:

Pre- vi- si- ble. Carente de sorpresa.

Aún no tengo claras las razones por las que me enajené temporalmente, pero lo cierto que es poco a poco me fui diluyendo y hasta podría decir que disfruté durante un tiempo (¿cuánto hay de disfrute real en un proceso de enajenación?) siendo la protagonista del dibujo de los monigotes, funcionando como un reloj suizo. Estaba jugando a ser mayor.

¿En qué momento me hice mayor, yo que nunca quise serlo?

¿Había llegado hasta ahí porque de verdad quería o porque en el fondo me perseguía lo de mi tía Maruca, la tiquismiquis, la que se había quedado sola de tanto buscar?

4

La madre de Nico, con la que entablé una relativa buena amistad, se sorprendió mucho de nuestra relación.

Tanto como yo de la suya: cuando la vi por primera vez me costó creer que ese hijo hubiera salido de esa madre. Era una señora vivaz, con el pelo teñido de rojo caldera, que observaba a Nico manejarse por la vida con cierto estupor, con la cabeza inclinada, como hacen los pájaros cuando ven a un niño moverse frente a ellos.

Entre risas (esas risas que camuflan las verdades incómodas) me confesó que Nico nació ya siendo *viejo*, que se comportaba con una seriedad sorprendente desde que era niño, impoluto en sus maneras. Puede que Nico se pareciera a su padre, un señor que sólo hablaba de negocios y cuya idea del riesgo era pisar de vez en cuando el acelerador del carrito de golf.

Cinta, la madre de Nico, fue mi salvación durante las comidas quincenales en su casa. A la hora del café las dos nos escabullíamos a la cocina, a echarnos un pitillo a escondidas y a comentar las últimas películas que habíamos visto o los libros que estábamos leyendo, mientras Nico y su padre se quedaban en el salón hablando del trabajo.

Tendría que haberme casado con su madre.

«Qué suerte ha tenido Nico» me repetía frecuentemente con sus ojillos de canario.

No le quise contar, durante una de nuestras últimas comidas, que en realidad su hijo no despertaba ninguna emoción en mí, ahora que íbamos camino del cuarto año juntos y que lo de jugar a las casitas no tenía ya ni puta gracia. También me callé que empezaba a pesarme mucho lo de la perfección. Si Nico ya era perfecto sin mí, antes de conocernos, acabó siendo *más* perfecto a mi costa. De un modo tácito, como yo pasaba más tiempo en casa, se fue asumiendo que era la encargada de perpetuar la optimización (qué palabra tan terrible) en el terreno doméstico: la ropa bien planchada, la cena lista a tiempo, *dónde están mis calcetines, no puede ser, tienes que organizarte mejor*. Para colmo de males, Antonia, la asistenta, se movía al ritmo de mis órdenes, al más puro estilo ama y sirvienta, algo que detesto profundamente.

Pero igual que me callé con Cinta, a pesar de saber que ella me entendería, también me dejé llevar por la inercia como una cobarde porque iba todo *tan bien*, que lo más cómodo era hacer lo que hice: instalarme en un estado de letargo que me convirtió en una autómata. Qué peligro. A ratos llegué a identificarme con "los tiesos", aquellos amigos de mis padres que siempre tenían todo bajo control (o eso creían) y a los que bauticé con ese nombre cuando tenia unos doce años.

Los amigos de mis padres se dividían en dos tribus dispares e incompatibles entre sí. Más tarde comprendería que eso reflejaba la contradicción interna de Paco y Anita, que en cierto modo entre los dos grupos de amigos se compensaban sus carencias y sus deseos, su dosis de realidad y sus sueños. Entendí que, hasta mi madre, tan apegada a lo convencional, también tenía un lado silvestre que alimentar, aunque sólo se atreviera a sacarlo en el círculo adecuado.

"Los tiesos" alardeaban de modales y de cuna de forma sutil aunque palpable incluso para una niña. Yo creo que en realidad mi madre no los soportaba porque siempre que cenábamos con ellos yo veía cómo forzaba su sonrisa, la misma mueca acartonada que utilizaban ellos, tan holgados de cortesía, de personal de servicio uniformado y de manteles de hilo bien planchados.

Había dos matrimonios de "tiesos", los del quinto derecha y los del segundo izquierda, pero daba igual a qué casa fuéramos, porque las dos eran iguales: completamente asépticas. Todo muy blanco, todo rebozado en lejía para eliminar cualquier aroma a vida, cualquier tufo de imperfección.

Durante esas cenas a los niños nos sentaban en una mesa supletoria, apartados de la mesa de los adultos, pero yo sintonizaba mi antena para escuchar sus conversaciones, que me parecían dignas de un estudio sobre la materia, lo más próximo al no-ser, si pensamos en Platón. En esas veladas se esquivaban los temas trascendentes (supongo que por miedo a escarbar en zonas incómodas) y las conversaciones saltaban del Range Rover al esquí o a la casa de la playa, aliñadas con algún entremés costumbrista del tipo *cómo han subido los precios*, así en abstracto, o *la asistenta me ha pedido los sábados libres, fíjate cómo han cambiado los tiempos*.

Las cenas con el otro grupo, los que bauticé como "los defectuosos" eran mis preferidas. Se repetían siempre en casa de Marga y Luis, los del ático, que muchas veces nos recibían con la cena a medio hacer pero con un calor genuino, la disculpa sincera (*se nos ha echado el tiempo encima*) y el trasiego de los que han apurado hasta el último minuto. De esas noches recuerdo la risa descontrolada de Marga (tan segura de sí y de sus emociones) y de que desprendía una elegancia natural que a mí me embelesaba. En esa casa se respiraba autenticidad y en las conversaciones se colaban temas espinosos como la política o la religión, que despertaban reacciones desiguales pero que nunca provocaban ningún cataclismo porque el respeto estaba por encima de cualquier diferencia. A los niños nos ponían la cena en la cocina pero no había un protocolo a seguir, podíamos movernos libremente por la casa mordisqueando los mejores *nuggets* de pollo de la historia que preparaba Charo, la asistenta.

La hija de Marga y Luis, Clara, fue mi primera amiga y aún hoy sigue estando entre las mejores. Aunque todos vivíamos en el mismo edificio y los niños coincidíamos en el colegio, "los tiesos" consideraban que "los defectuosos" eran demasiado extravagantes, demasiado libres, demasiado difíciles de trazar. Así que nunca se organizaban cenas conjuntas. A "los tiesos" les daba miedo la vida y su desorden natural pero, secretamente, se sentían atraídos por lo que ocurría más allá de sus paredes. Yo creo que en el fondo siempre tuvieron envidia del otro grupo.

En casa de Marga y Luis no había una madre -es decir, una mujer- dando instrucciones al servicio y un padre -es decir, un hombre- sentado y a la espera de que se fueran cumpliendo cada uno de sus antojos. Recuerdo con especial horror a uno de esos padres tiesos que se refería a su mujer como "mamá". *Mamá, tráeme el café, mamá el rosbif está de escándalo.* Y a esa *mamá* sonriente, orgullosa de su doble rol de esposa y madre de ese distinguido señor con barriga.

Llamar *mamá* a tu mujer equivale a pedirle que te arrope y te lea Peter Pan antes de dormir. No hay por dónde cogerlo.

Tengo muy presente cómo me divertía pasar de un mundo a otro para observar las diferencias y cómo me alegraba cuando era el turno de cenar en casa de Marga y Luis. Por aquel entonces tenía claro que ese era mi mundo ideal. Hasta que maduré por error y olvidé a esa niña embelesada con Marga. Imagino que fui subiendo poco a poco las escaleras hacia el éxito adulto sin darme cuenta, esas escaleras traicioneras que van haciendo desaparecer los peldaños tras de ti a medida que avanzas. Y que acabé llegando al último escalón, al de la casa esterilizada, la casa con servicio, la casa con manteles de hilo sin arrugas y una agenda planificada a cincuenta años vista.

Y que ahí encerré a esa niña.

Con el paso del tiempo, ante el desgaste de la novedad y mi falta de interés por completar la estampa de familia perfecta que Nico tenía en mente (es decir, añadir tres o cuatro hijos al marco de plata, algo de lo que él hablaba en abstracto, como el paso natural que tendríamos que dar tarde o temprano), Nico dirigió la conversación hacia la casa de vacaciones (siempre donde estuviera su círculo social) y el plan de jubilación. ¡El plan de jubilación! La primera vez que oí esas palabras saliendo de su boca me vi sentada de nuevo, con doce años, en el salón de "los tiesos" y me entró un ataque de risa estilo Marga, con la cabeza echada hacia atrás y el pecho en un sube y baja, como si aquello no fuera conmigo.

A pesar de los indicios de alarma, seguí esquivando, una y otra vez, acomodada en mi poltrona, todas las señales de salida de emergencia que se me iban presentando. Opté por volcarme más en mi trabajo y me encerré en mi mundo, porque, aunque no me atreviera a moverme, en el fondo yo ya sabía que habíamos tocado techo.

Fue por entonces cuando empecé a tener unas conversaciones extrañas. Extrañas porque éramos yo y *otra* yo las que hablábamos. Y nunca estábamos de acuerdo. Algunas noches, mientras me desmaquillaba, me sorprendía oírla con una nitidez total. Era como si tuviera al lado a otra versión mía, una sombra sin forma que me asaltaba de golpe y empezaba a hablar sin previo aviso:

Cómo te vas a quejar, de qué te quejas si lo tienes todo. La casa ideal, el marido encantador en la cima del éxito, las vacaciones cuatro veces al año. Vives como Dios manda, no te salgas del borde, no estropees el dibujo.

Una noche mientras batía un huevo, concentrada en el eco que producía el choque del tenedor contra el plato en la cocina, me rebelé contra la sombra y le grité lo que pensaba:

Pues me quejo del aburrimiento, me quejo de la planificación, me quejo de que no hay magia en la repetición de un día perfecto tras otro. Me quejo de la exigencia, sibilina y amable, la que se va imponiendo de forma silenciosa por seguir el guión de lo razonable.

Me quejo porque no soy nada más que un holograma de felicidad cabal.

Me quejo porque en realidad me da igual comer a las dos en punto o a las tres menos cinco y me quejo porque el idiota me pregunta que dónde ha puesto la asistenta su camisa de gemelos, que tiene una cena de gala y otra vez lo mismo, esta tía es un desastre, no la tienes controlada.

Contrólala tú y pregúntale tú dónde ha puesto tu puta camisa. ¿Acaso sabes tú dónde está mi bufanda de rayas? ¿Esa que necesito ahora mismo para coger la puerta y dejar de oírte?

5

¿Ya es viernes? Tengo que descongelar el pollo para mañana. No he revisado el contrato de *Rebelión*. Hace días que no hablo con mi madre.

Me miro la uña que tiene un borde descascarillado y me acuerdo del chico que me hizo la manicura la última vez. Me dijo que era de Chengdú y le calculé unos veinte años. Pasaba tan rápido de la tijera a la lima que temí perder una uña por treinta euros. Me acuerdo de sus manos rematadas por unas garras larguísimas y de que pensé, mientras rezaba para que no me rebanara una falange, que esas uñas le serían muy útiles para tocar la guitarra o arrancarse por Camarón mientras me aplicaba el esmalte. Imaginé de inmediato el cartel flamenco:

UN CHINO POR SEGUIRIYAS.

No me acuerdo de la cara del chino pero sí de sus uñas, de ese detalle grabado en mi memoria.

Los detalles que a veces lo son todo.

Llevo días pensando en la forma en la que Nico me abraza últimamente antes de dormir. Está en medio de unas negociaciones con una farmacéutica muy potente en Bogotá y pasa casi tres semanas al mes en Colombia. La semana que está en casa apenas coincidimos, a veces sólo nos vemos a la hora de dormir, por eso registro este detalle doméstico y rutinario: cuando se mete a mi lado en la cama no pasa su brazo, como siempre, por encima de mi hombro para agarrarse a la esquina de mi almohada con su mano. Como siempre, hasta que se queda dormido. Últimamente, en la única semana al mes que dormimos juntos, me abraza por la cintura, tomando el control en la mitad de mi cuerpo. Algunas noches apoya la palma de su mano en mi barriga y la pasea suavemente con movimientos circulares. Me sorprende ese cambio en sus hábitos e intuyo que algo se me está escapando pero no tengo tiempo (ni ganas) de averiguarlo. En realidad me da igual cómo me abrace. Hace por lo menos un año que sus muestras de afecto no son nada más allá del mapa de la rutina, de su medida composición cotidiana.

Su sonrisa también ha cambiado, la noto más forzada, el níveo esmalte no brilla con la misma seguridad.

A lo mejor tiene razón Frédéric Beigbeder y el amor dura tres años. Y que pasado ese plazo hasta los defectos más perfectos se acaban convirtiendo en algo molesto primero, insoportable después. Nico y yo habíamos compartido ya más de mil días juntos y cada vez que veía un anuncio de Profidén me ponía frenética.

Mi madre fue crítica con su sonrisa desde el primer día. «Sonríe demasiado» recuerdo que me dijo, como si eso fuera algo por lo que escamarse. Fue durante la cena de presentación oficial en casa de mis padres, la noche que hice pública mi relación con él. Nico llegó vestido con la sonrisa y no se la quitó en toda la noche. Mientras tomábamos el aperitivo en el salón fui a buscar una botella de vino a la cocina y mi madre me hizo un placaje contra la nevera para advertirme de que *ese chico* sonreía demasiado. «Eso es algo bueno, ¿no?» le dije yo. «En absoluto, me parece sospechoso», dijo mi madre escudriñándome con su mirada rayo láser.

De todas formas estaba casi segura de que Nico no sería del agrado de ninguno de los dos. Mi padre es un titán que considera que, si hay alguien en la Tierra que esté a su altura, todavía no ha tenido el placer de conocerlo a sus casi ochenta años. Mi madre es de naturaleza insatisfecha y vive en un estado de desconfianza permanente, fruto de sus contradicciones internas y de una afición obsesiva por True Detective que la lleva a pensar que el malo es, a menudo, el que parece más respetable.

6

«Tenemos que hablar» me dijo Nico una mañana de domingo. Yo estaba sentada en la barra de la cocina desmenuzando el borde de una tostada. El reloj de pared marcaba las nueve y media y la primavera aún se estaba desperezando, pero ya me iluminaba la cara un tímido rayo de luz que entraba por la ventana a esa hora. Alcé la vista y le contesté con un *vale*, sin alterarme aparentemente pero sorprendida en el fondo de que *tuviéramos que hablar*. Nico y yo no éramos de esos que hablan, con toda la gravedad implícita. Y si alguna vez lo habíamos hecho, hacía tiempo ya de eso. Vi cómo cogía la raqueta de tenis (la actividad de los domingos de once a doce) y su eterna gabardina azul antes de desaparecer por el pasillo hacia la calle. Me acabé la tostada y olisqueé la luz, como veía que hacían los gatos cuando se tumbaban a la bartola bajo el sol. «Pronto tendré un gato», pensé. Recogí el desayuno y me senté a aprender de John Gray y su magnífico ensayo, *Filosofía Felina,* sobre esos animales tan carismáticos.

A la una recibí un WhatsApp de Nico en el que me decía que comería con Félix, su compañero de partido ese día. Sentí alivio al darme cuenta de que me libraría de la charla por el momento. Yo había quedado con Andrea a las cuatro para ir al teatro y a cenar, así que sabía que cuando volviera a casa ya sería tarde para hablar, porque Nico siempre se acostaba temprano la víspera de sus viajes. Sin excepción, con la precisión de una máquina alemana.

Tal y como imaginaba, cuando volví de mi cena Nico estaba durmiendo y a la mañana siguiente me desperté cuando él ya cerraba la puerta de casa para irse al aeropuerto.

«Ya hablaremos cuando vuelvas» susurré desde la cama.

Los lunes normalmente trabajo desde casa y considero que es una suerte inmensa porque eso me permite incorporarme sin brusquedad al mundo productivo. Si no hay ninguna urgencia, aprovecho para adelantar trabajo que he ido posponiendo. Ese lunes tenía que revisar una traducción que había coordinado Samuel, el mejor becario que haya tenido nunca, de una novela italiana que íbamos a lanzar como lectura recomendada para el otoño. Era una trama policíaca bastante intensa, así que necesitaba parar cada cierto tiempo. En una de esas pausas me hice un café y lo llevé a mi cuarto, con el propósito de aprovechar el alto para sacar las cajas con la ropa de verano y hacer un ligero cambio de armario. La primavera estaba asomando la cabeza y quería tener a mano algunas prendas de entretiempo.

Antes de mudarnos a esta casa, Nico hizo construir un vestidor para cada uno, dos rectángulos enfrentados en el pasillo de entrada a la habitación, llenos de armarios empotrados para que no tuviéramos discusiones de espacio. Ese tanto se lo apunto a su favor. Observé mi espacio desde el umbral de mi rectángulo: a los armarios empotrados yo les había añadido una cajonera de ruedas en la que guardaba los bolsos y una cómoda que me servía de zapatero extra. Tenía pendiente la asignatura de no acumular, la había suspendido toda mi vida. Giré sobre mis talones para ver el vestidor de Nico, que era, sin embargo, todo lo contrario al mío. Nico era el prototipo ideal de Marie Kondo antes de que ésta se convirtiera en un fenómeno de masas. Fiel seguidor del orden, del armario dividido por colores, de la cantidad justa de prendas. Seis camisas blancas, seis pantalones, cuatro americanas. Tres jerséis de pico azul marino, dos jerséis de cuello alto, tres camisas sport. Lo mismo con zapatos y abrigos, todo muy práctico, todo muy racional. Cuando algo se estropea se reemplaza por lo mismo. Eficiente y rápido. Su vestidor no se podía ordenar nunca porque ahí no había nada que desordenar, así de sencillo. Lo único no cerebral en ese espacio era un jarrón de hortensias secas en beige, malva y turquesa, que yo coloqué en una balda encima de su cajonera para darle algo de vida a ese sitio, que me parecía igual de estéril que un quirófano.

Ese florero era lo único en su vestidor que llamaba mi atención. Me gustaba darle la vuelta a las hortensias de vez en cuando para cambiar el color protagonista, unas veces colocaba el pompón malva al frente, otras el turquesa. Ese lunes vi que el jarrón estaba demasiado metido, arrinconado contra la pared, aplastando el pompón beige de la parte de atrás. Y me fastidió verlo así, pensé en la falta de sensibilidad de Nico ante las cosas no funcionales, me molestó que no le diera la importancia que se merecía. Ofendida, fui inmediatamente a separarlo de la pared y al moverlo, algo se cayó por detrás. Arrastré la cajonera con cuidado y asomé la vista por el hueco. Era un cuadrado de papel. Alargué el brazo todo lo que pude hasta que logré cogerlo haciendo pinza con los dedos y vi que era una ecografía. La imagen de un embrión dentro del saco gestacional. La silueta de un bebé con la cabeza desproporcionadamente grande apoyada sobre un cuerpecito encogido, con un botón como nariz sobresaliendo en el perfil. A la izquierda de la ecografía, arriba, un nombre: FRANCO, LILIANA y a la derecha la primera información de esa vida: 12 semanas 0 días y 7.7 centímetros. Antes de que mi cerebro pudiera procesar esos datos, las rodillas se me doblaron sin permiso y me dejaron caer en el suelo, contra la cajonera, debajo del maldito jarrón. Miré la ecografía del derecho y del revés, tratando de descifrar.

¿Qué es esto? ¿Quién es Liliana Franco?

Me levanté como pude y fui al salón a buscar el portátil con el propósito de pedirle explicaciones al todopoderoso, a quién sino. Pensé en lo fácil que teníamos el acceso a la información y en lo arriesgado que era, en las veces que recurríamos al Dr. Google ante el más mínimo síntoma de alerta. Y en que la respuesta solía ser fatídica, terminal. Tuve miedo de encontrar una explicación funesta, a pesar de que sabía ya que tenía una sospecha peligrosa entre mis manos. No había duda de que algo encontraría en el catálogo de catástrofes del sabelotodo. Respiré hondo y tecleé: Liliana Franco. Aparecieron varios resultados con perfiles de Twitter, de Instagram, de Facebook. Nada que llamara mi atención hasta que pasé a la segunda página de resultados e hice clic en un perfil de LinkedIn.

Liliana Franco, *CalArts alumni, from Bogotá, based in Bogotá. Currently writing my first novel, just for fun.*

¿Bogotá? Repetí en voz alta. El eco de esa palabra se quedó flotando en el aire del salón, un aire que se volvió turbio y espeso, como un corazón bombeando con dificultad. Tá-tá-tá.

Bogotá era de pronto una ciudad convertida en el martillo invisible que me golpeaba la sien siguiendo un compás rítmico. Se me secó la boca, como si alguien hubiera aspirado de golpe todo el oxígeno de la estancia, se me secaron los ojos de saltar de la pantalla a la ecografía y de la ecografía a la pantalla. Liliana Franco, media melena castaña con las puntas doradas. Mirada serena pero avispada, sonrisa amplia pero sin pretensiones. Guapa. Un aire a Sofia Coppola.

¿Qué cojones es esto?

¿Quién eres Liliana? ¿Quién eres Nico? ¿Quién soy yo?

Cogí mis llaves y la ecografía y cerré la puerta de casa como quien cierra la caja de los truenos, sabiendo que ya no habría marcha atrás y sabiendo también que un paso al frente no sería fácil.

¿Era eso de lo que teníamos que hablar? ¿Era ese el gran proyecto de Nico en Bogotá? ¿Sería *esa* la que le decía justo antes de dormir: abrázame por la cintura y siente a tu bebé?

Primero: la rabia.

Sentí el estómago arder, mi amor propio mezclado con la espuma de la rabia en ebullición. Eché a andar sin rumbo, calle abajo, con una dosis de ira que desconocía en mí y que me hacía acelerar el paso, como huyendo sin saber de qué ni hacia dónde. Podía ver mi mirada de odio como si estuviera frente a un espejo imaginario.

El puto cabrón y su mundo perfecto. Y yo, tan lerda. Sentí pena por mí, por traicionarme, por no haberme parado a escuchar mi voz y haberme disuelto en la suya. Hacia tiempo que él me daba igual, ¿alguna vez me había importado? ¿Por qué había tardado tanto en irme, entonces, sabiendo que ahí no había nada por lo que quedarme?

No hay nada peor que ser desleal con una misma y lo sabes Gala ¡ya lo sabías! Me gritaba *otra* desde dentro. *Tienes lo que te mereces.*

Iba atravesando calles descontrolada, en lucha conmigo misma. La oleada de furia que sentía por mi traición, más que por la suya, me estaba descomponiendo. Noté cómo vibraba mi muñeca, 180 pulsaciones, un mensaje en la pantalla: *Take a break.*

No quiero. Go fuck yourself.

Me quité el reloj y me lo metí en el bolsillo, no estaba para impertinencias. Ya sabía que tenía el pulso desbocado y la ansiedad empezaba a arañarme la boca del estómago. Ahí me tienes, tan brava y sin saber navegar las olas, buscando tierra firme. Me había acabado enganchando a la seguridad del barco. Había olvidado cómo surfear la vida y la idea del mar abierto me dio tanto vértigo que me empezaron a entrar arcadas. Estaba demasiado debilitada, demasiado consumida. La sombra de Nico había opacado la mía por completo.

Basta, cálmate. El corazón bombeaba tan rápido que apenas podía retener el poco aire que me entraba. Estoy convencida de que el reloj insolente habría explotado en mi muñeca de haberlo llevado puesto. Me senté en un banco y empecé a buscar recursos en el cajón de mi memoria para aplacar la angustia.

Ground Control to Major Tom

Commencing countdown, engines on

Check ignition and may God's love be with you

Ten, Nine, Eight, Seven, Six, Five, Four, Three, Two, One, Lift off

No es que me diera un ataque de ansiedad, es que todos los ataques de ansiedad de mi vida convocaron una junta extraordinaria. Como un reencuentro de peligrosos amigos deseosos de llevarme a otras épocas pasadas.

¿Cómo estás, te acuerdas de mi?

El ahogo, el desasosiego, esa quemazón que empieza en los intestinos y se acaba extendiendo por todo el cuerpo. Esas ganas de querer salir temporalmente de tu carcasa, de intentar huir sin ser capaz de dar un paso al frente. Me puse a dar vueltas en círculo en una esquina y empecé a buscar herramientas para salir de la espiral hasta que, afortunadamente, encontré una que creía olvidada: «Ordena los armarios, Gala, fija la mente en algo tangible y sal del abismo».

Esa consigna un tanto críptica me traslada a una escena rocambolesca quince años atrás: es una noche de verano y estoy con una amiga en la terraza de su casa. Nos fumamos un porro. Todo son risas hasta que aquello me pega un viaje que me hace volar la cabeza y empiezo a buscar una pista de aterrizaje que no encuentro, mientras mi amiga sigue su viaje, ajena a todo lo que le rodea. Se ríe, abre los armarios de la cocina, engulle lo que se le pone a tiro. Yo la observo y también miro su despensa atiborrada, que acrecienta mi malestar, un caos de latas de conserva y galletas. Cuando estoy al borde del colapso, en un estado de locura pasajera, me da por ordenar mentalmente el armario de mi cocina, sin moverme de la de mi amiga. La cabeza se pone a trabajar a un ritmo frenético con un objetivo concreto: colocar el orégano y la pimienta en la balda de arriba, las servilletas y la vinagrera en la de abajo. Sorprendentemente, ese recurso logra calmarme y vuelvo a la realidad justo cuando mi amiga está comiéndose a cucharadas un bote de Nocilla. La observo con una sonrisa temblorosa y no le cuento que he pasado los últimos veinte minutos en el limbo, ordenando mentalmente los armarios de mi cocina para rebajar el ciego.

Unos años más tarde se lo contaría a Maite, el primer martes que fui a su consulta buscando consejo para salir de un agujero existencial. Recuerdo su veredicto después de detallarle con pudor aquel viaje psicotrópico:

Hiciste muy bien, te sentías abrumada por un exceso de estímulos y tu cerebro estaba tratando de anclar. El orden ayuda a rebajar los niveles de estrés, así que recurriste a una técnica psicológica muy valiosa sin saberlo.

Maite tenía el pelo rizado y fosco y hablaba con la parsimonia de quien las ha visto de todos los colores. Eché un vistazo a los diplomas que tenía colgados en la consulta y pensé que era justo soltarle los cincuenta euros que me soplaba por la visita.

Una vez terminado el paseo por aquel recuerdo, dejé de dar vueltas en círculo y fijé la vista en un banco que tenía enfrente. Caí en la cuenta de que al fin y al cabo estaba sintiendo *algo*, después de tanto tiempo en formato mujer de cera. Era como volver a la vida aunque fuera por la puerta oscura. Convoqué interiormente a todos los yoguis del mundo y poco a poco fui ajustando el compás de la respiración, logrando así deshacer el ovillo de ansiedad.

This is Major Tom to Ground Control

I'm stepping through the door

And I'm floating in a most peculiar way

Una señora se había sentado en un extremo del banco y noté que me miraba extrañada mientras yo me concentraba en la difícil tarea de inhalar y exhalar. Ella iba cargada con dos bolsas de fruta. «Voy a coger un poco de aire antes de subir la cuesta» me dijo. Le sonreí a medias y le dije que yo también. Menuda cuesta me esperaba.

Segundo: los lloros

Volví a casa arrastrando los pies, con mucha resaca mental y sin poder controlar la tiritera en las rodillas, que se quejaban en silencio de los quince mil pasos que había dado alrededor del barrio, quince mil pasos que parpadeaban en mi reloj de aspirante a deportista en el que ahora aparecía dibujada una cara sonriente con el mensaje *Well done, mission accomplished!* Si todo fuera tan fácil, pensé.

Subí las escaleras torpemente, con el firme propósito de llamar a mis amigas y confesarme. Yo, la de la alegre actitud, la del todo está bien, la del no pasa nada. Nunca pasa nada. Llegaba el momento de desarmarme por fin, de quitarme la máscara y admitir que no todo estaba bien. Acababa de destapar un agujero pero no preví que empezaría a salir el agua a borbotones. Y así fue, literalmente. Tumbada en mi cama *King size*, sobre las delicadas sábanas de algodón egipcio, rompí a llorar sin consuelo. Lloraba la niña de la bolsa de cuadros Vichy que a los tres años cogió la puerta sin mirar atrás y lloraba la mujer en la que me había convertido, a la que había atrapado en la fábula equivocada. Lloré todo lo que tenía acumulado en el depósito hasta que los ojos se me hundieron detrás de los párpados. Fui a mirarme al espejo del baño, la cara abotargada, los pómulos como dos granadas pochas. Me agarré al lavabo y pensé en que llevaba años sin llorar por mí, a pesar de que lloraba con facilidad por los demás. Lloraba si hacía contacto visual con la mirada hueca del perro de mi vecina del quinto, ya viejo y cansado de mirar. Lloraba con las películas de Pixar, con Bao y con Up.

Ahora era mi turno. Era el momento de reconocerme en el espejo y llorar por ese reflejo marchito. Rescaté una lágrima con la lengua y retuve en mi boca el sabor salado de esa gota, para que no se me olvidara la desazón de ese momento.

Paradojas del lenguaje.

Me metí en la cama a las dos de la tarde, dispuesta a regodearme en mi miseria. Los pensamientos galopaban de forma salvaje así que volví a respirar intentando seguir un ritmo y tiré de otro viejo lema, *piensa en algo bonito,* una oración sencilla pero eficaz que me acompañaba desde que era niña en la conjura contra mis fantasmas a la hora del sueño.

Tercero: el alivio

En un escenario idílico, en lo más profundo de mi subconsciente, tuve una conversación con mi yo niña. Llevaba un peto vaquero Osh Kosh y el único jersey que recuerdo de mi infancia, mi favorito, un suéter de felpa color melocotón con un mensaje en el pecho que decía 'American Warrior' en letras de terciopelo y que me gustaba acariciar compulsivamente.

Esa niña me decía que volviera a la página 1.

¿Cuándo soñaste tú con casarte? ¿Recuerdas cómo transformaste al Ken que te trajeron los Reyes Magos? Llegó de la fábrica con esa sonrisa absurda y el pelo dibujado en ondas falsas de gomina. Cogiste un punta fina Staedtler de la mesa de Matías y le abriste unos huecos en la dentadura. Le pegaste unos hilos de lana que había en el costurero de tu madre para que tuviera el pelo largo. Querías que se pareciera a ese niño que te gustaba, aquel rubio desdentado y caótico con un remolino de pelo rebelde en la coronilla.

Después de su discurso, con las rodillas untadas en mercromina, la niña cogía sus patines Fisher Price y se lanzaba carretera abajo, acercándose cada vez más a ese mar que la esperaba al final de la calle.

Pasé la tarde como si estuviera recuperándome de una intervención quirúrgica, confundiendo sueño con vigilia, realidad con fantasía, reescribiendo mi propia película. Esa noche dormí a medio gas y en el duermevela aparecieron mis amigas, mi núcleo duro, a las que echaba de menos y con las que tenía que ponerme al día enseguida.

7

Cuando volví a Madrid después de mis años en Berlin tuve la gran suerte de reencontrarme con Clara, mi mejor amiga de la infancia, la hija de Marga y Luis. Clara y yo nunca habíamos perdido el contacto pero llevábamos casi diez años sin coincidir en la misma ciudad. Así que, a pesar de que intuía que echaría de menos muchos momentos de mi día a día en Alemania, sabía que por lo menos contaba con ella para adaptarme de nuevo a la vida en Madrid y sobre todo para seguir construyendo nuestra amistad en vivo y en directo después de tantos años separadas.

En poco tiempo conocí también, de la forma más aleatoria, a tres mujeres de las que me haría inseparable: Andrea, Bea y Ana. Andrea era la novia de Toño, un amigo de Nico, a decir verdad el único potable del grupo. Con ella conecté desde el principio y no tardamos en hacer nuestros planes al margen de los demás. A primera vista parecía muy formal, pero cuando le dabas oportunidad sacaba lo mejor de su artillería, una forma de entender la vida entre sarcástica y tierna que me encantaba.

A Bea la conocí en las clases de Aquagym, un martes de Septiembre en el que ambas decidimos retomar el deporte *con calma*, engañadas por el mensaje de la vuelta al cole y a los buenos propósitos, seducidas por la estrategia comercial del gimnasio que nos brindaba la oportunidad de convertirnos en Giselle Bundchen de una vez por todas. El primer día coincidimos en la última fila de la piscina, con nuestro Speedo de cuerpo completo y el gorro de plástico clavado sobre las cejas. Inmediatamente nos dedicamos una sonrisa cómplice al comprobar que éramos las únicas *señoras* menores de sesenta y cinco años. Eso fue suficiente para reírnos luego en el vestuario y motivarnos mutuamente para no faltar ni un martes. Si esas señoras lo daban todo en el agua al ritmo de Chayanne, nosotras no íbamos a ser menos. Aunque nos costara perder una media semanal de veinte pelos, aquellos desafortunados que se quedaban pegados en el endiablado casquete de plástico.

Ana y yo nos conocimos un sábado por la mañana en la cafetería del Reina Sofía. Yo había ido a ver la exposición de Tetsuya

Ishida y a comprar un libro (que acabaron siendo tres) a La Central y ella estaba recopilando información para su tesis doctoral. Me senté en el café a tomar el *brunch* y a escribir sobre la exposición que acababa de ver, algo que suelo hacer a veces. Si la exposición me gusta, tomo notas en un diario sobre lo que he sentido al verla. No es un proceso dogmático ni documentado, pero me sienta bien y me gusta guardar esos "diarios de arte" porque me ayudan a recordar artistas y exposiciones concretas.

Estaba distraída en mi tarea cuando Ana se sentó en la mesa de al lado. Oí que pedía un cortado con hielo y vi que el camarero fruncía los labios, no sé si porque era noviembre o porque le pareció poca cosa, pero a mí me hizo sonreír.

Me recordó a la cara de otro camarero, en Milán, la primera vez que pedí un cortado con hielo en el barrio más pijo de la ciudad. En su momento yo tampoco entendí que el camarero torciera el gesto pero más adelante, cuando ese bar se convirtió en uno de mis habituales, me acabé ganando el cariño de Nono, el camarero, y él me explicó que lo del café con hielo era más propio de los *terroni* (una forma despectiva para referirse a los del sur de Italia). Le dije que yo sería entonces su *terrone* favorita y que allá cada cual con sus prejuicios.

Ana consiguió finalmente lo que quería y yo le lancé una sonrisa breve. Empezamos a hablar y me contó que trabajaba en una editorial pequeña de *fanfiction*, buscando tesoros de escritores noveles para publicar: «Hay mucho contenido, la mayoría muy verde, pero me he llevado grandes sorpresas también, historias de mucha calidad. No me importa pasarme el día leyendo aunque reconozco que he estado al borde de la sobredosis varias veces» me dijo riendo. Por si fuera poco, por las noches preparaba su tesis doctoral, un estudio sobre "la asimilación y la diferencia en el arte chino contemporáneo" y me reveló un poco avergonzada que estaba empezando a obsesionarse tanto con Zhang Xiaogang, uno de sus artistas favoritos, que sentía que éste le guiaba sus pasos. «Una cosa loca, pensarás» dijo poniendo los ojos en blanco. Yo le contesté que la entendía perfectamente porque eso mismo me pasaba a mí con las novelas, aunque a veces les diera esquinazo a sus consejos. Empezamos a hablar de sincronicidades y de todas aquellas casualidades que no creíamos que eran tal pero que nos habíamos callado hasta ese día porque no habíamos encontrado a nadie con quien comentarlas a pecho descubierto.

Al poco tiempo de conocer a Ana monté una cena en casa una noche que Nico salía con sus amigos. Quería que Clara y mis nuevas amigas se conocieran entre sí porque sabía que se gustarían y que montaríamos un buen equipo. Ninguna se parecía pero todas nos complementábamos, como las buenas mezclas. La noche se alargó hasta la madrugada y nos despedimos a las cinco de la mañana, con la satisfacción de haber descubierto una amistad que supimos que sería indestructible y con la promesa de hacer una quedada mensual, como mínimo, para sacudir cualquier resto de rutina. Esa misma noche creamos GoGirl! el chat de grupo que ahora iba a incendiar yo con mi noticia.

8

Gala:

Viernes en mi casa girls, no acepto ninguna excusa. Es importante. A las 7 para que nos dé tiempo a todo, que ya sabemos luego que las horas parecen minutos. Quiero hacer margaritas pero sólo tengo tequila, ¿podéis traer el resto de ingredientes? BESOS

Les mandé el mensaje el miércoles al salir del trabajo. Había pasado más de una semana desde mi descubrimiento, nueve días en los que aproveché para hurgar en la herida, para masticar y digerir el revés, para regodearme en el dolor y para reconciliarme conmigo misma.

El jueves tenía reuniones sin parar y el viernes había decidido llevarme al equipo a un Escape Room y a comer. Justifiqué la decisión como si fuera una actividad de *Team Building* pero en realidad quería regalar a mis compañeros un día de diversión fuera de la oficina porque habíamos trabajado muy duro los últimos tres meses y se merecían -nos merecíamos- un poco de juego. Y en el fondo, también, porque quería estar rodeada de gente todo el rato y escuchar sus historias para no quedarme en silencio y tener que escuchar la mía. Esa que estaba a punto de soltar en mi círculo más íntimo y a la que no quería llegar preparada, habiendo dado vueltas de más al discurso.

Tuve que bloquear las notificaciones del móvil desde que mandé el mensaje porque, como era de esperar, los «Qué ha pasado» «Danos un adelanto» y «¿Estás bien?» se sucedieron sin parar. Clara y Ana me llamaron el mismo miércoles y las demás entre el jueves y el viernes. No contesté las llamadas y sólo les mandé un mensaje tranquilizador pero ambiguo al mismo tiempo: «Chicas, no me pasa nada grave, o bueno sí pero no es malo. El viernes os cuento. TENÉIS QUE VENIR»

Y no volví a mirar el chat para no caer en la tentación de adelantar nada. Quería tenerlas en mi casa, a mi lado, mirarlas a los ojos e ir escuchando sus comentarios que, en el fondo, ya sabia cuáles serían.

A las siete en punto estaban todas en mi puerta, expectantes, incluida Clara que no entendía lo de la puntualidad. «Qué pasa Gala, ¡nos tienes en vilo!». Les notaba el ansia por saber, la curiosidad, pero las invité a pasar, les pedí los ingredientes para preparar las margaritas y les dije que hasta que no estuviéramos sentadas con una copa en la mano y algo para picar no pensaba soltar prenda. Aceptaron y enseguida se pusieron manos a la obra en la cocina, ayudándome con las bebidas, el guacamole y la tabla de quesos.

Nos sentamos en nuestro reservado de siempre, mi zona favorita de la casa, una especie de refugio que me había ido montando poco a poco en la estancia que estaba al final del salón. Cuando Nico y yo nos mudamos a esta casa (su casa en realidad) el salón estaba comunicado por dos arcos de obra con una pequeña sala. Al principio pensamos en utilizar ese espacio como un segundo salón mas íntimo o tal vez para poner ahí mi despacho o el de Nico. A Nico le daba igual tener una oficina en casa porque podía concentrarse en cualquier sitio y en cualquier situación. Podía trabajar con el portátil de pie en la cocina y era capaz de cerrar una negociación desde la cama conmigo al lado.

Para él es muy fácil anular el ruido a su alrededor. Yo, sin embargo, siempre he buscado mi rincón en todas las casas en las que he vivido. Para trabajar, para leer o simplemente para estar a solas. No me fue difícil, por tanto, quedarme con esa maravilla de espacio. Lo cerramos con dos puertas de cristal para separarlo del salón y lo hice mío. Una madriguera sin domesticar, con muebles y detalles que fui comprando en anticuarios de Madrid, en *1st dibs* y en algunos *brocantes* de Londres y Amberes, que tiene el mejor rastro de Europa. No quise escatimar a la hora de ir construyendo mi refugio y poco a poco me fui haciendo con las piezas de mobiliario que había ido recopilando en un archivo en mi ordenador, una especie de lista de deseos que afortunadamente fui cumpliendo a lo largo de los años.

Entrando a la izquierda coloqué una pequeña sala de estar, que era testigo de mi vida social al margen de Nico, con un sofá desvencijado que me traje del Rastro y que reconstruí por completo. Lo compré porque me gustó su estructura cuadrada y porque tenía dos asientos largos y muy anchos de esos que invitan a quedarse mucho rato. A ambos lados del sofá puse dos butacas danesas de roble y mimbre de finales de los cincuenta y en el medio dos mesas Mimosa de Ettore Sottsass, uno de mis diseñadores favoritos. Enfrente de la sala coloqué la oficina: una mesa de madera de principios del S.XIX con las patas torneadas, mucha vida acumulada y una pandilla de termitas que tuve que aniquilar con paciencia un sábado de lluvia. Sobre el escritorio hice un hueco para otra joya de Sottsass, la lámpara Tahití, y a la izquierda de la mesa instalé una librería baja con seis compartimentos anchos donde se amontonaban libros de todo tipo, además de calendarios botánicos que me gustaba coleccionar. Reservé la última balda para cosas de trabajo.

El fondo de la guarida se convirtió en un jardín. En un extremo puse una pachira grande que compré porque me llamó la atención su tronco trenzado. Más tarde descubriría que, según el Feng Shui, ese árbol atraía abundancia y prosperidad al hogar y a los negocios.

Perdonadme que me ría del Feng Shui.

En la otra esquina del jardín acomodé un tronco de Brasil, dos cactus de Navidad -que en invierno daban unas flores en un color granada muy vivo-, una *calathea ornata* con los nervios rosas, un árbol de jade y una colección de suculentas que exigían poco y me hacían muy feliz porque me recordaban a mi abuela.

Cuando llegué con las chicas al refugio aquella noche, la pachira y el tronco de Brasil tenían las hojas especialmente abiertas, como si hubieran desplegado sus sentidos a sabiendas de que esa noche la conversación sería importante. Nos sentamos, picamos un poco e hicimos un repaso a nuestra semana, a modo de sumario, como una forma de romper el hielo antes de pasar a la acción. Cogí la ecografía que había escondido en el libro que tenía sobre la mesa de centro y, como el croupier en una partida de *Blackjack*, la coloqué frente a ellas con un golpe seco.

«Esto es lo que pasa» dije. Las cuatro se inclinaron para verla en un movimiento simultáneo y tras una breve pausa llegaron las caras de sorpresa y los enhorabuenas.

—Quietas, un momento. Que no es lo que parece. No estoy embarazada —dije.

—¿Cómo? —dijo Clara—. ¿Qué es esto, entonces?

—La ecografía de una tal Liliana Franco que vive en Bogotá. La encontré la semana pasada en el vestidor de Nico, detrás de un jarrón de hortensias secas que yo coloqué ahí al poco de mudarnos a esta casa, para darle un toque de *belleza inútil* a ese espacio tan funcional, tan aburridamente eficaz como él. Y, mira tú por dónde, creo que con ese gesto lancé un mensaje al universo sin ser consciente. Para que no todo fuera tan perfecto, para que su mundo (y el mío) no fuera tan prolijo, para encontrarme de vez en cuando con alguna hoja seca en el suelo de su vestidor, algún resto de vida. Parece que el universo me ha respondido. Vaya si lo ha hecho. ¿No querías vida? Pues ahí la tienes.

—¿Qué dices? ¿La ecografía de una tía que vive en Bogotá? No puede ser… —dijo Andrea de golpe apretando la mandíbula.

—Un momento. ¿Nico tiene un lío? —A Bea se le desencajaron los ojos.

—Pues eso parece. He *googleado* a la tal Liliana Franco y después de descartar varias opciones creo que he dado con ella. No sé por qué pero tengo esa intuición. Es mona. En su perfil de LinkedIn dice que estudió Arte en California y que está escribiendo un libro.

—¿Que es mona? ¡¡Estoy flipando contigo!! ¿En serio crees que Nico te está engañando? ¿Y te quedas así, tan tranquila? ¿No le has dicho nada? —Ana disparaba las preguntas según se le iban agolpando en la cabeza—. Le pega más una contable al muy cerdo.

Empezaron a opinar todas a la vez, a solaparse las unas con las otras entre exclamaciones, insultos y un bombardeo de preguntas a las que no tenía ganas de responder. Sentí un gran alivio en medio de su caos, como si hubiera soltado un lastre que ahora ellas trataban de encajar. Yo ya había pasado mi proceso. Ya había digerido la rabia, el orgullo herido, la desagradable sorpresa. Y ya estaba del lado de la suerte, en realidad. Las cuatro vinieron a sentarse a mi lado, como si temieran que me fuera a romper en cualquier momento.

—No me lo puedo creer. Qué cabrón. ¿Cuándo vas a hablar con él? —preguntó Clara.

—No sé, la verdad es que no tengo prisa. El domingo me dijo que teníamos que hablar pero cuando volví del teatro ya estaba dormido y el lunes se fue temprano para Bogotá. Supongo que sería eso de lo que quería hablar.

—¡¡Pero bueno!! ¿Cómo eres capaz de estar callada? ¡Alucino contigo! ¿Qué vas a hacer?

Bea y Ana se miraban entre si con perplejidad.

—Porque me da igual. En realidad me ha hecho un favor aunque os suene raro.

—A mí no me suena raro —dijo Clara, guiñándome un ojo—. Y me alegro de tenerte de vuelta.

Las dos nos miramos, cómplices de una larga amistad, y me alivió profundamente tenerla a mi lado en ese momento. Clara me conocía de toda la vida y por eso no necesitó explicaciones de más, fue la única capaz de entender inmediatamente la situación. Ella ya sabía que Nico no era para mí. Le sonreí, con los ojos y con el corazón, por estar siempre a mi lado y por ser capaz de ver desde arriba el charco de barro en el que estaba metida.

Bea, siempre orientada a la acción y a tomar medidas, me cogió del brazo y mirándome con firmeza repitió una vez más: «¿Y qué vas a hacer?»

¿Qué voy a hacer? Esa pregunta me había perseguido, insidiosa, sin descanso, como una sombra molesta, desde que descubrí la ecografía. Me había acorralado, intentando hacerme cada vez más débil, porque al principio era el pánico el que preguntaba. Con los días conseguí silenciar el miedo y darle paso a la esperanza, primero, y a la gratitud después. Al fin y al cabo Nico me había hecho un gran favor, me había sacado del agujero en el que yo misma me había metido.

—Lo primero que voy a hacer es darle las gracias —dije con una sonrisa irónica, consciente de lo raro que sonaba eso—. Después me iré a Tarifa un tiempo —añadí con toda la calma del mundo.

—¡Pero qué dices! ¡Lo que faltaba! ¿Las gracias por qué? Estás pirada. El puto Ken tan *perfectito* él —Bea no salía de su asombro.

—Las gracias por despertarme del tedioso letargo en el que andaba metida. Vale, ha sido un despertar jodido, con un jarro de agua fría. Pero no estoy pirada Bea ¡al contrario! He recuperado la cordura más bien —le dije sonriendo.

—¿Que te vas a Tarifa? —preguntó Andrea—. ¿Cuándo? ¿Te mudas? ¡Joder me va a dar algo!

—Sí, me voy, pero no para siempre. Estoy pensando en quedarme seis meses tal vez, no sé. Me gustaría irme en julio. De momento estoy viendo casas con una inmobiliaria pero no he dicho nada en el trabajo aún. Les tengo que vender la idea de trabajar a distancia y venir a la oficina sólo cuando sea de verdad necesaria aquí. Ya os iré contando. Han sido días muy intensos pero de verdad que estoy bien. Mejor que en mucho tiempo, de hecho. He encontrado el camino de vuelta a la casilla de salida.

Os quiero mucho chicas.

Me abrazaron haciendo un corrillo y apretujándome en el medio. Empezaron a recoger los vasos y les pedí con un gesto que pararan. Quería levantarme al día siguiente con la casa manga por hombro, como estaba mi vida, para no seguir pretendiendo un orden que no existía. Despertar y ver los restos de la noche, los ceniceros llenos y los vasos vacíos. Un rastro de vida, de esa vida impredecible que iba a recuperar.

Esa noche no tuve que decirme lo de *piensa en algo bonito* antes de dormir. Caí rendida y en mis sueños salió Tarifa, Zahara, los días de viento, las playas infinitas y la mejor puesta de sol que se pueda imaginar.

9

El peligro del matrimonio o de cualquier pareja duradera está en dejarse arrastrar demasiado al universo del otro. Las parejas se retroalimentan y siempre existe ese riesgo subrepticio de dejarse absorber sin medida, de perderse en esa mezcla de mundos. Y digo *dejarse* porque en la mayoría de los casos no creo que exista un culpable, uno que absorba deliberadamente al otro. No estoy hablando de abuso o maltrato. Hablo de un dejarse llevar silencioso, cotidiano, de ir a remolque hasta perder la individualidad y convertirse en alguien creado según las expectativas de otra persona, como una masa de arcilla que se va moldeando poco a poco hasta convertirse en la figura que el otro quiere tener encima de su mesilla de noche.

Con Nico fui corrompiendo mi esencia hasta convertirme en el monigote que yo creía que debía ser. Es una deformación lenta y callada, que se va cocinando día a día y en la que caes sin darte cuenta. Si no hubiera descubierto su doble vida, no sé si habría sido capaz de tirar el molde por los aires y hacerlo añicos, porque cuando *todo funciona* la inercia te arrastra, aunque de fondo tengas a tu yo original moribundo, suplicando que lo dejes salir con un hilito de voz sin fuerza.

Esa ecografía me dio el impulso para pararme a pensar, para darme cuenta de que estaba en el camino equivocado y para amplificar el sonido de esa voz primitiva que, ahora sí, chillaba con todas sus fuerzas *sal de aquí, esta es tu oportunidad, no la dejes escapar*. Después de superar un periodo de luto por la pérdida (un trance necesario), me regodeé lo que hizo falta en el pensamiento inútil: ese que te lleva a dar vueltas sobre lo que pudo haber sido de haber elegido otro camino. Un bucle infructuoso. Lo mejor vino después, cuando empezó a dominarme una fuerza animal, de supervivencia, que me animó a recoger los trozos de mi integridad y a dibujar mi nueva ruta.

Como una estudiante de Kintsugi, aprendí a juntar los añicos de un jarrón roto para crear otro diferente, sin ocultar las grietas (esas heridas que inevitablemente deja el paso del tiempo) y así construir un jarrón nuevo, más armónico y más honesto con el concepto de belleza. Una vasija con desperfectos, en definitiva.

La primera pieza de mi jarrón a estrenar sería una casa en Tarifa. Tarifa me recordaba a mi infancia y por eso llevaba varios días soñando con pasar allí una larga temporada, echaba de menos el mar y el ritmo suave del sur. Tendría que negociar con la editorial el trabajar a distancia durante los próximos seis meses, un periodo que yo misma me había fijado para reconstruirme. Estaba segura que eso no sería ningún problema porque mi trabajo era más bien solitario, no requería tenerme físicamente presente en la oficina todo el tiempo. Aún no había hablado con Nico y reconozco, maliciosamente, que disfrutaba imaginándome su cara de póquer cuando descubriera que su secreto no había provocado en mí la reacción esperada y que además yo ya tenía un pie en mis planes de futuro inmediato. Soñaba con el mañana y, por primera vez en mi vida, disfrutaba de ello.

También pensaba en cómo habían reaccionado mis amigas. En el fondo se habían alegrado tanto como yo de verme caminar sobre mis pies de nuevo. Imagino que siempre pensaron que ese no era mi camino, que yo no pintaba nada con Nico, pero que tal vez teníamos nuestro propio código y que de algún modo nos entendíamos. Nadie se atreve normalmente a meterse en los asuntos de pareja, opinar es delicado y no las culpo. Yo me había cuidado mucho, además, de compartimentar mi vida. El tiempo que pasé con Nico me sujeté bien la máscara y a ellas nunca les hablé de esos momentos de lucidez en los que dudaba de mi relación. Con mis amigas fue siempre *nuestro mundo*, el de las cinco, y nadie más.

El sábado me desperté con ánimo resolutivo y por tanto con ganas de avanzar. Nico no llegaría hasta el domingo por la tarde así que pensé que sería buena idea ir recogiendo poco a poco mis cosas. Mis libros en primer lugar. Bajé a desayunar a la panadería de Lola, que ya estaba entretenida con su público de los sábados: madres con niños por un lado y abuelos leyendo el periódico por otro. Dicho de otro modo, los únicos que madrugan un sábado por la mañana, ya sea por obligación (como es el caso de las madres) o porque con la edad, dormir se va volviendo cada vez menos importante. Lola llevaba en pie desde las cuatro y media de la mañana, horneando cruasanes y bollos de pan, preparando bocadillos y amasando empanadas. A pesar de los madrugones nunca la vi adormilada, se movía como un polvorín atendiendo clientes y sacando las bandejas del horno. Le pedí un café con leche y una tostada de pan de centeno con tomate y cuando me acerqué al mostrador para pagar vi que tenía una caja de cartón vacía al lado del carro con las bandejas de bollería. Le pregunté si podía llevármela y si tenía más, porque iba a hacer una pequeña mudanza. «Las guardo hasta el lunes por la tarde que viene el de los cartones», me dijo. Le di las gracias y le dije que el lunes por la mañana vendría a por más.

Desayuné observando, de forma alterna, la mesa del abuelo con el periódico, metido de lleno en el presente, y la mesa que tenía al lado, una madre con dos niños y un bebé, haciendo malabares por controlar la situación. El abuelo pasaba las páginas del periódico con templanza, humedeciéndose con la punta de la lengua el dedo índice. La madre, por el contrario, resolvía con dos manos y mucha paciencia el desayuno de los dos niños mayores, el biberón del bebé y lo que iba sucediendo a la vez en ese pequeño espacio en el que todo era puro movimiento: la cuchara que tira la niña, la servilleta que despedaza el niño, el sonajero que el bebé tira al suelo continuamente. En una esquina de la mesa descansaba el café intacto de la madre que ya se había quedado helado.

Cuando terminé de desayunar cogí la caja que me había dado Lola y noté que aún conservaba el olor del pan recién hecho. Me fijé que en el lateral de la caja había una espiga de trigo dibujada, una espiga liviana que parece débil pero no lo es, esa espiga azotada por el viento en los trigales que se dobla pero no se rompe, que vuelve siempre a su eje. Así me sentía yo ese día y así me sentí cada uno de los lunes siguientes, cada vez que bajaba a la panadería de Lola. Supongo que ella no entenderá hasta ahora, si me lee, por qué sonreía con esperanza al ver sus cajas: unos simples cartones para ella, tan cargados de significado para mi.

Al llegar a casa decidí que primero vaciaría la estantería empezando por los libros que más quería, aquellos que escondía de las miradas curiosas en una segunda fila, detrás de los que se veían a ras de la balda. Recogí también todos los que había amontonado en dos torres a los lados de mi escritorio y al verlo desnudo sentí un escalofrío de realidad.

10

Desperté con el ruido de la puerta al cerrarse y oí cómo dejaba las llaves en el vacíabolsillos de la cómoda de entrada. Me desperecé, aún aturdida por la siesta, y esperé a que recorriera el pasillo hasta la entrada del salón. Nuestras miradas se encontraron en el umbral de la puerta.

—Hola —dijo Nico dejando caer la maleta.

—Hola —contesté. Y de repente era como si hablara con un desconocido. Un desconocido abatido y pálido, visiblemente incómodo.

Nico se sentó a mi lado y por unos segundos estuvimos en silencio, sin mirarnos, los dos con la vista fija en el frente. Quise ponérselo fácil y ahorrarnos los rodeos.

—¿Quién es Liliana? —espeté, clavándole la mirada de perfil.

Nico arrancó a hablar mirando a la alfombra, incapaz de girarse hacia mí.

—¿Qué?

—Que quién es Liliana. Liliana Franco.

—¿Cómo…? —balbuceó.

—He visto la ecografía detrás del jarrón de tu vestidor.

Nico levantó la cabeza y esta vez sí, fijó sus ojos en los míos, entre sorprendido y aterrorizado, un gesto que no había visto nunca en él.

—La conocí hace seis meses. Ha ido todo muy rápido.

—Sí. Ya he visto que el bebé está creciendo estupendamente. Doce semanas son tres meses. Si la conociste hace seis meses no es que haya ido todo muy rápido, es que ha sido supersónico.

—Sí, lo siento Gala. No sé qué decir… no nos lo esperábamos.

—Ah, ¿no os lo esperabais? ¿A qué jugabais entonces, a la ruleta rusa? No seas ridículo Nico, el factor sorpresa no te pega nada.

Tú nunca esperas a que pasen las cosas, tú vas a por ellas. Aquí la única sorprendida soy yo.

—Lo siento mucho Gala, de verdad. Quería habértelo contado antes… pero no encontré el momento. Entre mis viajes y que tú siempre estás metida en tu mundo, como si no te importara nada más…

—¿En mi mundo? Perdona que no te haya dado cita antes para contármelo. Algo tan trivial podía esperar, claro. Habría sido mejor ahorrarte el mal rato y que me hubieras mandado la invitación al bautizo por correo.

—Joder no seas así, no me refiero a eso. Quiero decir que llevamos mucho tiempo desconectados y que en los pocos momentos que hemos coincidido en el último año, desde que empecé a viajar a Bogotá, me daba la sensación de que no querías tenerme cerca, parecía que incluso te molestara verme por casa cuando volvía de viaje. No es una excusa pero no me atrevía a acercarme a ti. Es como si hubieras hecho más alto ese muro que te separa del resto, de mí…Cuando te conocí supe que no sería fácil abrirme un hueco pero aún así fui a por todas y creo que conseguí asomarme a ti durante un tiempo, entrar en tu mundo cuando tú me invitabas… hasta que empezaste a cerrarte de nuevo. Creo que en realidad nunca quisiste abrirte del todo. Y fui perdiendo la esperanza de que un día quisieras. No esperaba conocer a nadie, ni he ido a buscar la oportunidad como tú crees. Conocí a Liliana de forma casual y sí, no puedo negarlo, me ha ido conquistando, me ha dado la compañía que me faltaba, bueno, el amor, y la sensación de importarle a alguien, de construir una pareja, una familia. No sé cómo explicarlo y espero que me entiendas. Con ella me siento una pieza indispensable, alguien capaz de moldear su felicidad, para bien y para mal. A ti no creo que te haya alterado nunca. Tú siempre estuviste por encima de mí. Realmente me cuesta creer que nuestro matrimonio hubiera llegado más lejos de lo que ha llegado, Gala.

—En eso estamos de acuerdo. Pero no vayas de víctima y no te pongas melodramático que tampoco te pega. ¿Entrar en mi mundo cuando yo te invitaba? Pero ¿cuántos culebrones has visto últimamente?

Di por zanjada la conversación con una sonora carcajada y me puse a contar los nudos de la alfombra. Nico se levantó del sofá cuando el silencio empezó a hacerse pesado para él y echó un vistazo alrededor sin saber muy bien qué hacer. Vio mi escritorio completamente despejado y la estantería medio vacía. «¿Dónde están tus libros?» preguntó, y en esa pregunta estaba implícita otra más importante que no se atrevió a formular. Él sabía que si mis libros se iban, yo también. Pero no fue capaz de añadir nada más. Simplemente me dijo, antes de desaparecer por el pasillo, que podía quedarme en nuestra casa (en casa, corrigió) todo el tiempo que quisiera. No sé por qué no le dije entonces que pensaba irme a Tarifa. Reconozco que sentía un placer secreto tramando mi salida, planeando la escapatoria sin darle explicaciones. Tal vez yo también quería sorprenderlo de algún modo.

Esa noche Nico se fue a dormir a la habitación de invitados y yo no pegué ojo. Me quedé en el sofá mirando al techo, repasando todo lo que habíamos hablado hasta que me sorprendieron los primeros rayos de luz. En cuanto oí que Nico encendía la ducha de nuestro dormitorio me fui de casa y a las ocho de la mañana estaba entrando en la oficina, con la ropa del día anterior, como cuando iba de de empalmada al trabajo recién salida de la Universidad. Pero con una resaca diferente.

11

Sobra decir que ese fue un día de trabajo improductivo.

Repasé rápido el correo en modo automático y vi que Juanjo, el chico de la inmobiliaria de Tarifa, me había mandado un e-mail el domingo, mientras Nico y yo cerrábamos para siempre nuestro capítulo.

Bajo un escueto «Espero que te guste» había un archivo adjunto que se abrió ante mis ojos como un billete al paraíso: Juanjo había encontrado una casa de pueblo que parecía hecha a mi antojo. Reenvié las fotos al chat de GoGirl! y la aprobación de mis amigas no se hizo esperar. Supe enseguida que había encontrado el sitio perfecto para para pegar mis añicos y reconstruir el jarrón de mi vida. Le di las gracias a Juanjo, prometiéndole que le escribiría de nuevo lo más pronto posible para cerrar una fecha e ir a ver la casa. Se acercaba el momento definitivo para ir deshaciendo mi mundo, parte del cual había mudado temporalmente a la trastienda de Lola.

Un *bip* iluminó la pantalla de mi móvil. Era un mensaje de Ana: «Te acabo de mandar un e-mail. Tienes que leerlo, espero que no sea otra de tus sincronicidades. O tal vez sí... Besos querida»

En su e-mail sólo había un link y al hacer clic aterricé en una red social para escritores noveles. Era la primera vez que entraba en una página así pero Ana me había hablado de ellas. Parte de su trabajo consistía en bucear entre ese contenido, a la caza de alguna historia en la que mereciera la pena trabajar.

La cabecera de la página tenía un titular enorme: 'Historias de No Ficción' y más abajo un dato llamativo: 1.2K historias publicadas. Pensé en cómo se las ingeniaría mi amiga para seleccionar entre tantos relatos y novelas, qué criterio seguir. ¿Descartaría tal vez las introducciones flojas o las portadas poco convincentes? Moví el cursor hacia abajo hasta que di con un título que me llamó la atención y al ver el nombre de la autora sentí como si me estrangularan el corazón: «Los hombres perfectos» de Liliana Franco. ¿Liliana Franco? *No puede ser.* Hice click sobre el botón de 'Leer más' y al contacto con el teclado sentí como si me quemara el dedo.

Querida mamá, me gustaría poder regalarte tiempo. Si pudiera, te daría cuarenta años de vida, en blanco, para que volvieras a empezar. No como mamá, sino como mujer. Pero como no tengo ese poder en mis manos, quiero asegurarme, con este libro, de que tú te vas a regalar todo el tiempo que quede reservado para ti.

Llegó tu hora. Sal de esa burbuja en la que estás metida y concédete lo que te mereces: tu espacio, tus reglas, tu alegría de vivir. Quizá hasta ahora te ha servido mirar para otro lado y seguir adelante como si nada pasara, pero me gustaría que eso acabara con esta historia que te dedico con todo mi corazón. Cógela como si fuera un salvavidas, por favor, agárrate con toda la fuerza que no tuviste antes para ocuparte de ti y empieza a vivir de nuevo.

Te quiero, Lili.

La introducción era una carta de Liliana a su madre. ¿Sería esa la novela que Liliana estaba escribiendo *just for fun*, como decía en su perfil de LinkedIn? Respiré hondo y me dispuse a leer:

Todos dirán lo mismo de sus mamás, pero la mía es algo excepcional, mi mamá no ha salido de la misma fábrica que el resto. Siempre resultó algo excéntrica dentro de nuestro mundo encorsetado, en nuestra vida de familias gomelas, de casas impecables y vacaciones de ensueño. Y es esa extravagancia lo que más me gusta de ella, lo que siempre me hizo sentir superior a mis amigas, porque ella era la madre que todas querían tener, cariñosa y presente, divertida y permisiva, una especie de niña grande.

Mi mamá está a punto de cumplir setenta años y lleva tres décadas cultivando marihuana en un invernadero que mandó construir en la parte trasera del jardín de nuestra casa.

Desde niña mostró interés por la botánica pero cuando llegó la hora de ir a la Universidad la mandaron a la Sorbona a licenciarse en literatura francesa, lo adecuado para una señorita de su condición. A sus papás, mis abuelos, eso de las matitas les parecía un hobbie, algo saludable para mantenerla alejada de tentaciones en una edad tan complicada y para que se entretuviese cuando volvía a casa por vacaciones. Mi mamá se encargaba pues de dar instrucciones a Manuel, el jardinero de mis abuelos, para dar rienda suelta a su verdadera pasión. Empezó a hacer injertos, a crear nuevas plantas, a alterar el aspecto de algunas flores y el día que probó la marihuana, a escondidas de todos, la convirtió en su especialidad. Una especialidad que le sería muy útil años más tarde, la fórmula mágica para aislarse de aquello a lo que no quería enfrentarse.

Cuando se casó con mi papá, estuvieron viviendo unos meses con mis abuelos hasta que terminaron de construir su propia casa muy cerca. Sé que mis papás se casaron por conveniencia, como se casaban entonces en su círculo social: la hija de los Vergara con el hijo de los Franco, así de sencillo. Eran matrimonios apalabrados tácitamente entre familias, para perpetuar la especie, para seguir poblando el Country Club y el colegio americano. A mis abuelos paternos no les convencía del todo mi mamá, porque creían que se salía un poco del molde, pero finalmente claudicaron porque en ese momento no había otra oferta mejor sobre la mesa. Yo creo que mis papás no se casaron enamorados, porque no les dio tiempo a saber qué era eso, pero sí pienso que se adentraron en el matrimonio con el fervor juvenil de estrenar un mundo tan desconocido como excitante. Sin embargo, la diferencia de caracteres, el peso de una educación tan rancia como injusta y la carga de la inevitable cotidianidad acabó pasando factura a los pocos años, al no tener un proyecto común, al no haberse elegido del todo mutuamente y haber sentado juntos las bases de un compromiso tan exigente. Hicieron lo que tenían que hacer, lo que era de esperar, lo que sus padres habían hecho también. A los tres años de casados llegué yo, llegaron las muchachas de servicio y llegó el inevitable abismo entre los dos. Las motivaciones de mi papá eran, por este orden, el trabajo, las muchachas de servicio y el golf de los domingos.

Yo empecé a darme cuenta de todo cuando era una adolescente. Veía a las muchachas pavonearse y veía a mi papá dedicarles miradas pícaras, una forma de mirar que no veía que tuviera con mi mamá, a la que recuerdo siempre, por otro lado, desempeñando el rol de esposa perfecta, comprensiva, siempre alegre y sonriente, siempre dispuesta a hacerle la vida fácil a quien tuviera alrededor. Yo sentía a veces los celos de mis amigas, que tenían que lidiar continuamente con los cambios de humor de sus mamás, con las discusiones entre sus papás -cargadas de reproches e insatisfacción- y con el peso de sus vidas vacías.

En mi casa no había discusiones de ningún tipo. Mi mamá desprendía una paz de ser sobrenatural. De niña pensaba que era una virtud suya, la de no encenderse por nada, la de vivir como con un impermeable permanentemente puesto, ajena a cuanto le rodeaba, impasible ante el estilo de vida de mi papá, tan alejado de ella.

Cuando mis papás construyeron la casa en la que yo crecí, mi mamá no pidió un vestidor (mi abuela lo decidió por ella) o una salita donde jugar al Bridge (ya mi abuela lo previó). Lo único que mi mamá pidió fue un invernadero en la parte trasera del jardín. No fue algo que le sorprendiera a nadie, porque todos sabían de su afición por las matitas, pero sí se les hacía extraño que quisiera un invernadero teniendo un jardín de mil metros cuadrados. "Quiero sembrar plantas que requieren de un cuidado y un control más delicado, de una cantidad de luz determinada, de un sistema de riego específico". Teresa y sus experimentos, concluyeron todos, y se zanjó la cuestión.

A la entrada del invernadero mi mamá colocó una mesa de hierro forjado en color blanco con cuatro sillas alrededor y mandó poner una neverita como esas que tienen en los hoteles. En lugar de llenarla con botellitas de alcohol, chocolatinas y cacahuetes en lata, ella puso jugos, varios tipos de queso y pastelillos de fruta.

Mi mamá tenía muchas amigas que iban rotando, siempre de tres en tres, para tomar el té con ella en el invernadero. A mí me gustaba pasar a saludarlas cada tarde cuando volvía del colegio. Algunas veces, al abrir la puerta del invernadero, se descomprimía una nube de humo densa y espesa: la nube de mi madre, uno de los olores de mi infancia junto con el de la lavanda que tenía plantada en el jardín flanqueando la puerta de entrada a la casa. Mi mamá siempre parecía muy contenta y sus amigas también. Cuando se marchaban a casa, sobre las seis de la tarde, siempre se llevaban una bolsita de yute como las de lavanda seca que había colgadas en las puertas de los dormitorios.

Un día al volver del colegio, cuando yo tenía unos doce años, mi mamá me presentó a Tomás, un jardinero que le habían recomendado porque estaba especializado en plantas exóticas, según me dijo ella. Al verlo, deseé en secreto que mi mamá lo mirara del mismo modo que hacía mi papá con las muchachas de servicio. Tomás era alto, de tez morena y ojos verdes. Con el pelo largo, un poco ensortijado y las puntas quemadas por el sol.

Tenía 25 años, diez menos que mi mamá.

El texto terminaba ahí pero ya acumulaba cincuenta comentarios de lectores que la animaban a seguir.

¡Yo quiero una madre así!

Espero que acabe con el jardinero pleeeease!

Mi papá también es fan de las muchachas de servicio. ¿Qué les pasa a los hombres?

Me quedé fascinada leyendo las reacciones de la gente. Supuse que era uno de esos ejemplos de *fanfic* de los que me había hablado Ana, un fenómeno que al parecer movía a millones de seguidores en todo el mundo, una plataforma para escritores noveles donde compartir historias para irlas construyendo con el *feedback* de los lectores registrados en esa red social.

El día que les conté a las chicas lo de la ecografía y que había visto el perfil de Liliana en LinkedIn, Bea me dijo que le mandara un mensaje, para ver si ella sabía de mí. «Este es un cabrón de guante blanco, igual Liliana ni sabe que existes». A mi no se me había pasado por la cabeza escribirle porque en realidad me daba igual si Liliana sabía algo de mí, no había nada por lo que luchar. Sin embargo, después de leer el fragmento de su novela sentí que quería hacerlo. No buscaba venganza y no era en absoluto una curiosidad revestida de maldad. Creo que sentí compasión por ella y por ese alegato de amor romántico que camuflaba en la fallida historia de sus padres. Algo me decía que Nico no había sido tampoco del todo honesto con ella y que teníamos que conocernos.

Se me ocurrió escribirle con el señuelo de editarle el libro, aunque fuera una mentira como un templo. En un impulso irrefrenable, creé un perfil en la red social para poder dejarle un comentario *inocente* y comprobar si eso le hacía saltar las alarmas en caso de que Nico hubiera mencionado alguna vez mi nombre y mi profesión:

Hola Liliana, me llamo Gala Sart y soy una editora de Madrid. He caído por casualidad en esta plataforma y me ha llamado la atención el primer capítulo de tu libro. Me gustaría seguir leyéndote. ¡Ánimo con la hoja en blanco!

Tendría que esperar unas horas hasta recibir una posible respuesta de Liliana. Salí de la plataforma y concentré toda mi energía en Samuel y en la revisión de los últimos capítulos de *C'era una notte*.

A las tres y media de la tarde entré de nuevo en la página y vi que tenía un mensaje en mi recién estrenado perfil.

12

¡Hola Gala! Muchas gracias por tu comentario. ¡Qué honor que me lea una editora! Aunque en realidad no aspiro a publicar nada serio, es sólo una forma de diversión. Me di de alta en esta plataforma para obligarme a escribir cada día y no dejar que se acumularan las páginas en una carpeta de la computadora. Quiero escribir un pequeño libro como regalo para mi mamá que pronto cumplirá setenta años. Qué chévere que seas de Madrid, amo esa ciudad y a su gente. ¡Hasta pronto! Liliana.

Amo esa ciudad y a su gente. Creo que no sabes de qué gente estás hablando, pensé. Tuve que controlar el impulso de preguntarle si por casualidad conocía a Nicolás Berger. «Ya sabes, Madrid es enorme pero el mundo es un pañuelo y tal vez…» No, no podía hacer eso. Respiré hondo y seguí tirando del hilo de interés ficticio que sentía por su proyecto de libro.

¡Qué bonito regalo para una madre! ¿De qué trata "Los hombres perfectos"?

Y sí, Madrid es maravilloso ¡en eso estamos de acuerdo! Parece que lo conoces bien :)

Conozco bien Madrid, sí. He visitado la ciudad muchas veces y ahora estoy conociendo mejor a un madrileño hahaha. "Los hombres perfectos" habla de la cara B de esos hombres de éxito, de apariencia impecable y modales exquisitos, acostumbrados a conseguir todo cuanto desean sin importarles nada más. Hablo de mi papá en concreto pero sé que existen muchos otros como él. Hace años que me cuesta mirarlo a los ojos porque sé que lleva mucho tiempo engañando a mi mamá y ahora tengo pruebas. Ella es tan genial que no entiendo que haya puesto su vida en *standby*, orbitando alrededor de él. No se lo merece y ya va siendo hora de que abra los ojos y que aproveche la vida que le queda, ¡tiene tanto que dar todavía! No puedo soportar las mentiras…

Tragué saliva y me acordé de Ana y las sincronicidades.

¿Quieres que te mande por email algunas páginas? ¡Me encantaría que me dieras tu opinión si no es molestia! Aunque no pretenda llegar lejos con esto, me gustaría saber qué te parece. Hasta he contratado un detective privado para mostrarle las pruebas a mi mamá. xx Liliana.

¿Un detective privado? ¡Menos mal que no pretendes llegar lejos! Creo que puedo hacerme una idea de esos hombres perfectos…y claro que sí, me encantaría leerlo: gala.sart@tuaventuraediciones.com. ¡Un abrazo!

Le di a enviar con el corazón encogido. Ay Liliana Franco, no sabes la que te espera. Apagué el ordenador (con la súbita confianza de que había hecho lo que tenía que hacer) y le dije a Samuel que seguiría conectada desde casa para lo que necesitase. Me fui paseando tranquilamente, pensando en los hombres perfectos, en Nico, en los tiesos y en el padre de Liliana.

Al final del día, con la casa en silencio, me tumbé en la cama a leer *Little fires everywhere*, de Celeste Ng. Había visto varias reseñas positivas de esa novela y aunque a veces me echa para atrás lo del *bestseller* internacional, lo cierto es que la historia me atrapó desde el inicio. Caí rendida en una especie de alucinación. Soñé con una casa en medio del desierto que era devorada por las llamas y, lejos de asustarme, me produjo un placer inmenso. Me despertó la luz blanca del amanecer y comprendí que mi sueño era en realidad una fotografía de Alex Prager que tenía almacenada en el subconsciente desde hacía mucho tiempo y que me había visitado para cobrar vida, para abrirse el hueco que merecía. Soñar con esa imagen fue el detalle definitivo que me demostró que estaba quemando mi propia casa, en un sentido onírico y claramente revelador. Supe que tenía que comprar esa fotografía cuanto antes. Antes de meterme en la ducha, pegué un post-it a mi mesilla, junto al de «Quiero un gato», en el que escribí:

Alex Prager: 4:01pm, Sun Valley, from the series Compulsion & Eye #3 (House Fire).

Otro stock para añadir a mi cartera de futuros.

Al día siguiente recibí un email de Liliana con un PDF que contenía varios capítulos de "Los hombres perfectos". Las primeras páginas describían al padre de Lili, empresario de éxito, dueño de una potente farmacéutica en Colombia (¿en serio, Nico? ¿De verdad te habías ligado a la hija del jefe?). Un padre ausente con el que Lili no había llegado nunca a conectar del todo, el *santo* esposo de una señora excéntrica y cariñosa, completamente volcada en la vida doméstica y en una intensa afición por la jardinería. Era el retrato de una pareja y de una familia como tantas otras. Pero después de las presentaciones, el libro parecía un trabajo de investigación. Liliana había contratado a un detective privado que había seguido a su padre por la ciudad de Bogotá hasta desmontar por completo, con un extenso material gráfico de por medio, la postal de un matrimonio *perfecto* de clase alta. Eso era lo que Liliana creía que necesitaba para rescatar a su madre, las pruebas definitivas de una mentira revestida de perfección:

Mark y yo nos conocimos en el verano de mis veinticinco. Mi mamá acababa de perder a su mejor amiga y decidí instalarme con ella para hacerle compañía. Los días eran largos y repetitivos en un ambiente que no tenía mucho que ofrecerme. Una mañana, durante uno de mis paseos, vi un cartel pegado al poste de un semáforo anunciando un curso de detective e investigador privado y decidí apuntarme. Era un curso intensivo de un mes, de nueve a tres, que abordaba los puntos básicos de introducción al oficio. Marqué el número de teléfono y reservé mi plaza para el lunes siguiente.

El primer día de clases me sorprendió mucho la procedencia de mis compañeros, algo que no me había imaginado así. Será por la influencia de las películas, pero yo hubiera jurado que un curso de ese tipo sería un sitio misterioso donde conocer a un Sherlock o a un Dale Cooper, ese perfil de investigador interesante y enigmático. En su lugar conocí a Jose Manuel, un guardia de seguridad barrigón colocado ahí por su jefe, un importante empresario; a Mara, una inspectora de riesgos que trabajaba para una compañía aseguradora y que se peinaba igual que Cybill Sheperd en Moonlighting; a Serafín, un jubilado aficionado a las novelas policiacas y a rodearse de gente joven y a Mark, el único que estaba ahí por verdadera vocación. Un recién licenciado en sociología que, en la ronda de presentación que hicimos el primer día, dijo que estaba obsesionado con los conceptos de libertad, dignidad e igualdad para todos los individuos. Un idealista buscando la forma de ganarse la vida, pensé yo.

Cuando llegó mi turno tuve la suerte de verme iluminada por la inspiración y no dije que yo me había apuntado al curso para no perder la mañana dando vueltas por el mall. Me defendí con soltura y les conté que me interesaba la psicología y que quería profundizar en los comportamientos del ser humano. Mark me lanzó una mirada de aprobación, como incluyéndome en su equipo secreto, el equipo de los que nos tomábamos aquello como una ciencia seria. No tardó mucho en descubrir que estaba equivocado, aunque por entonces yo ya me lo había ganado con mi encanto y con las bolsitas que le llevaba cada lunes, cargaditas con marihuana de mi mamá.

Quién me iba a decir que más adelante pondría en práctica aquellas clases y que me acabarían interesando de verdad -o más bien afectando- las motivaciones y las conductas de ciertos seres humanos. Cuando empecé a sospechar que mi papá tenía una doble vida y sentí que había llegado la hora de desmantelar su mentira, Mark fue la primera persona en la que pensé. Sabía que nada más terminar el curso de detective, empujado por su talento y por la demanda de mercado, había empezado a tener bastante trabajo. Sabía que él me ayudaría, era un profesional serio y se había convertido también en un buen amigo. No dudé en dejar la investigación en sus manos y una tarde de septiembre me citó en su departamento, en el que había colocado una placa inaugurando así su oficina de forma oficial: Shady Deals Private Investigations.

Lili mencionaba que en ocasiones dudaba de que su madre no supiera de las aventuras de su padre. Creía que, igual que ella había visto desde niña, su madre se habría dado cuenta también de cómo su padre se pavoneaba ante las mujeres, pero sentía que tal vez su madre vivía en la negación. Por eso consideraba que era su deber, o su inmenso amor por ella, lo que le empujaba a abrirle los ojos y darle las alas para dejar atrás esa vida apagada. *Aún no es tarde mami, sal ahí fuera y vive*, le decía una y otra vez. No fui capaz de leer más allá. De pronto me sentí culpable. Culpable de no dar un paso al frente y revelarle a Liliana el verdadero motivo de mi interés por ella. Culpable por ser cómplice de otro engaño: estaba clarísimo que ella no sabía todavía que había *otra* en la vida de Nico.

Tardé menos de diez segundos en mandarle un e-mail con la ecografía -su ecografía- en un archivo adjunto: «Creo que, en lo que a hombres perfectos se refiere, podemos colgar el cartel de aforo completo. Resulta que mi marido va a ser padre. Enhorabuena… espero. Gala».

13

Cuando Liliana recibió mi e-mail, vomitó sin previo aviso las galletitas y el té que se había tomado dos horas antes en un intento de aplacar las náuseas del embarazo. Sentía la sangre arder por su circuito interno, las llamas activando todas las alarmas. Nico le había mentido, no se había separado de su mujer como le había dicho tantas veces. *No lo hemos formalizado aún, pero entre nosotros no hay nada, créeme.* La voz del impostor retumbaba en su cabeza. Liliana empezó a repasar, como en una sucesión de diapositivas mentales, las declaraciones de amor de Nico, sus arrobadas promesas de futuro, el brillo de su mirada y el calor de sus besos. No encontró nada que le hiciera sospechar, ningún indicio que le hubiera hecho dudar de él. Tenía su vida bien compartimentada y había sido capaz de interpretar a la perfección dos papeles diferentes. «Cómo he podido ser tan estúpida» se repetía Lili asqueada, en un estado cada vez más febril. Se acordó del catálogo de donantes de la clínica de reproducción asistida y se arrepintió de no haber escogido cualquier esperma anónimo.

Tenía que hablar con Gala pero de pronto sintió la urgencia de comprobar, además, si Nico estaba al corriente de la infidelidad de su padre. Al fin y al cabo pasaban todo el día juntos. Ella le había contado que estaba escribiendo un libro para su madre, que podía demostrar que su padre la engañaba, ¡le había confesado lo del detective privado! Nico nunca dijo nada al respecto, a pesar de saber lo importante que era para Liliana y a pesar de que parecía escucharla atentamente cuando ella le ponía al día de sus avances en la investigación. Se limitaba a mirarla con condescendencia, como si tuviera delante a una niña escribiendo un cuento. Algo le decía que también le había engañado con eso.

Este cabrón no me toma en serio. Vas a ver ahora quién soy yo.

—Mark, necesito ver las fotos de nuevo. ¿Puedo pasar por tu casa y recogerlas ahora mismo?

Tenía que ver esas fotografías una vez más. Quería cerciorarse de que el otro hombre que aparecía casi siempre junto a su padre era Sebastián, su asistente, al que ella no había prestado atención hasta ese momento. Mientras esperaba impaciente la respuesta de Mark, una punzada en la boca del esófago le hacía pensar que tal vez había pasado por alto ese detalle. Nunca se había fijado en el otro, de tan enfrascada que estaba en sus pesquisas. Y si el otro era Nico, ¿qué pasaba si era Nico? Liliana recorría el largo pasillo que conectaba la entrada de su casa con el salón, en modo automático, catorce pasos de ida, catorce pasos de vuelta.

Mark había recibido su WhatsApp pero no lo había leído. Quizá estaba ocupado. No tenía tiempo para que él estuviera ocupado. Necesitaba confirmar lo que se temía, que Nico era un farsante que la había engañado por partida doble. Que no le importaba nadie más que él mismo.

—Hola Lili. ¿Todo bien? No estoy en casa, estoy persiguiendo a un tipo. No puedo ahora mismo, lo siento. Te acerco las fotos a tu casa esta tarde, a las seis lo más tardar.

—OK. Todo bien, sí. Bueno, en realidad no. Ven cuanto antes por favor. Gracias.

Eran las dos y media y tenía que esperar hasta las seis de la tarde. Se puso el traje de baño y bajó a la piscina. Unos largos le harían bien, el tiempo pasaría rápido. Estuvo cuarenta y cinco minutos nadando de forma frenética, hasta que le temblaron las piernas y apenas podía respirar. Salió del agua, el pulso se le dibujaba en el cuello. Se dio una ducha, se puso ropa cómoda y en lugar del té de jengibre se sirvió una copa de vino tinto. Ya había superado el primer trimestre de embarazo y la ginecóloga le había asegurado que no pasaba nada por una copita. Se la bebió como si fuera un jugo, como la aguapanela helada que le preparaba su madre en verano. Los hombros se le destensaron, sintió que le bajaba la presión sanguínea y se arrodilló en el sofá a esperar.

—Salgo ya. ¿Estás en la casa? Puedo llegar en veinte minutos, no hay mucho tráfico.

—¡Sí! Aquí te espero, gracias.

Notaba el corazón palpitándole en la sien. Marcó el 1 para avisar a Juan Pablo, el vigilante de la garita de seguridad, de que Mark llegaría en veinte minutos. «Esté pendiente, es un Nissan blanco, Mark es moreno, con gafas». Se acercó a la ventana desde donde se veía la garita del conserje y la puerta de seguridad por la que tendría que pasar Mark con su coche y se quedó ahí clavada, hasta que vio llegar el Nissan.

—¿Estás bien? He venido lo más pronto que he podido. Aquí tienes el sobre.

—Gracias por venir Mark, pasa un segundo, siéntate. Te pongo un trago. Sólo quiero comprobar algo.

Abrió el sobre con las manos temblorosas, Mark la miraba en silencio. Primero la fotografía de su padre con la *monita* en la puerta del Four Seasons. En un bistro, en el Parque de la Independencia, en el patio del Museo Botero. «Espera un segundo, creo que ese es Nico. El que está mirando su móvil debajo del arco a la derecha de la fuente. Se está haciendo un caracolillo en el pelo con la mano derecha, ese gesto es suyo. Sí, seguro es él».

—Mark, ¿quién es este pelado?

—El asistente de tu papá, ¿no? El que va siempre con él.

—No. Este no es Sebastian.

—No sé pues. Pero sale en más fotografías, con tu papá y esa muchacha, mira más adelante.

Seguí examinando las fotografías y ahí estaba de nuevo. De paseo en La Candelaria, comiendo en Prudencia. Los tres tan felices, tan ajenos a todo, tan por encima del resto.

A Lili le entró un golpe de calor que la agarró por la barriga hasta estallar en su cara, tiñéndola de púrpura. Apretó la mandíbula y los ojos se le abrieron como dos bolas inyectadas en sangre.

14

—JUEMADRE

Eso fue lo primero que oí cuando le di al botón de aceptar la llamada de Skype.

Lili se parecía a Sofia Coppola, efectivamente era tal y como la había visto en su perfil de LinkedIn. Esa primera certeza me produjo un escalofrío. Era ella. La que yo había seleccionado entre las opciones que me había dado Mr. Google. Con el pelo a la altura de los hombros, dorado en las puntas, una mirada serena pero astuta, los labios pintados de rojo enmarcando una sonrisa que ahora se mostraba deshilachada.

—Creo que no hay mejor forma de describirlo, le dije. Aunque te diré que su madre no tiene la culpa.

Estuvimos dos horas hablando sin parar. Lili me contó que Nico y ella se habían conocido en un club (fíjate, mi maridito, tan cansado siempre después de sus viajes a Bogotá, tan apesadumbrado porque las reuniones con la farmacéutica lo tenían retenido todo el día en una oficina, sin tiempo nunca para conocer esa maravillosa ciudad). «Tenemos que ir un día juntos Gala, aprovechemos unas vacaciones para conocer Colombia». Le dijo que trabajaba en Madrid pero que estaba buscando la oportunidad para mudarse a Bogotá (*what the fuck*), que estaba cansado de España y necesitaba una nueva aventura (el aventurero de las seis camisas blancas).

Nico le vendió a Lili otra versión de si mismo, completamente desconocida para mí, que a ella le hizo gracia desde el primer momento. Le sedujo su carácter travieso, su picaresca española me llegó a decir. Yo no daba crédito a lo que oía. ¿Nico? ¿El Nico tieso con todo bajo control, con una agenda hasta para el sexo? Seguí escuchando atónita cómo había ido avanzando su relación. Nico pasaba en Bogotá casi tres semanas al mes (eso era lo único que ambas sabíamos) y desde que se conocieron no la había dejado de camelar, con promesas de futuro (algo que sí era atractivo para Liliana) y con un catálogo brillante de detalles y atenciones. Lili quiso dejarme claro que ella era una mujer fuerte, o que lo había sido, que estaba acostumbrada a quitarse con gracia a los hombres de encima, que no estaba buscando *eso*. Lo único que ella buscaba era tener un hijo, una hija a poder ser, algo que llevaba rondándole por la mente varios años. Me dijo que hasta la fecha no había encontrado al hombre adecuado y por precaución se había congelado los óvulos a los veintiocho: esa era su versión de *future stocks*.

Directa y segura de sí misma, se lo había contado a Nico en la segunda cita y desde ese momento él no había parado hasta convencerla de que lo tuvieran juntos, *yo también llevo años deseándolo pero no he encontrado a la mujer adecuada ¿no te parece el destino*? Nico hablando de destino. Mi nivel de asombro rozó la cota más alta.

Conmigo nunca había manifestado ese fervoroso deseo de ser padre. Yo sabía que en su excel mental la paternidad formaba parte del programa de su vida y es cierto que yo no sentía esa necesidad. Pero él nunca había insistido, nunca había mostrado una emoción particular, sólo lo había comentado como uno más de los pasos a seguir. El Nico que yo conocía, si hubiera querido tener hijos de verdad, no habría parado de engatusarme hasta salirse con la suya. Pero tal vez yo no estaba a la altura de Lili para esos planes. A ella sí logró persuadirla hasta que le empezó a gustar la idea, no porque fantaseara con la familia ideal, un concepto que se le había desmoronado con el modelo de sus padres, sino porque simplemente le parecía más sencillo tener un hijo con Nico que elegir esperma en un catálogo. Nico era guapo (una sonrisa de postal, me dijo) y estaba sano, eso era lo único que le importó a priori así que ¿por qué no? Por fin podía cumplir el sueño más importante de su vida. Se dijeron que lo intentarían y el proyecto se convirtió en latido a la primera.

A estas alturas de la conversación yo ya iba por mi segundo gin-tonic y habría echado mano de todo lo que tuviera a mi alcance. Lili me explicaba todo con una calma oscura, como de mar desconfiado después de una tormenta.

Recordé las palabras de Nico en nuestra última y definitiva conversación «a ti no creo que te haya alterado nunca» y asentí varias veces, como si lo tuviera enfrente, para darle la razón. Nico había alterado el cauce natural, salvaje, de mi vida, pero no había logrado sacudirme del mismo modo que a Liliana. A ella, en apariencia serena y fuerte, se le había abierto un agujero bajo los pies y algo me decía que le costaría manejar el descenso a la madriguera. Pensé que se habían juntado dos ganadores, que el destino había querido que se enfrentaran dos colosos luchando cuerpo a cuerpo.

«Se va a enterar este mentecato» me dijo con los ojos encendidos antes de colgar.

15

Liliana:

Ya está aquí el idiota

Lo primero que vio Nico al dejar la maleta en la entrada de su casa en Bogotá, fue un delicado conjunto de La Perla que apareció propulsado por el pasillo. Seducido por la idea de un inesperado *strip-tease*, ronroneó como un gato en celo al contacto con la seda y el encaje. «Qué bien sienta volver a casa» dijo moldeando la voz en tono sensual, antes de recibir un segundo proyectil que borró de golpe su sonrisa hambrienta. Liliana estaba apostada en la esquina del pasillo que daba al salón y, con la precisión de una máquina automática de tiro al plato, lanzaba sin descanso un juego de té para dieciséis personas de Limoges.

Cuando Nico arrancó a andar, desconcertado aún por el recibimiento, un plato de postre decorado con delicadas flores rosas alrededor del borde impactó contra su frente, abriéndole una brecha en la ceja izquierda para el recuerdo. Con una mano controlando la pequeña hemorragia sobre el párpado, divisó sobre ese cielo improvisado la bandeja de los *petit fours*, que ya apuntaba hacia él convertida en un peligroso misil de porcelana. Logró esquivarla con un rápido quiebro de cadera y la delicada bandeja acabó hecha añicos contra el mueble de la entrada. En la ráfaga final, Nico vio volar las dieciséis tazas con sus dieciséis platos, el azucarero, la tetera y por último la jarra para la leche, que chocó violentamente contra su boca partiéndole una de las palas de inmediato y alterando para siempre el inmaculado aspecto de sus dientes. Nico intentaba avanzar con los brazos en forma de equis, haciendo rechinar a cada paso los restos de porcelana que había esparcidos por el suelo. Caminaba cubriéndose la cara y manchándose el puño de la impecable camisa blanca con la sangre que brotaba sin descanso de su ceja.

Liliana era como un avatar de *Fortnite,* con mucha hambre de guerra. Disparaba la artillería con ansia, sin decir una palabra, concentrada en la trayectoria de la vajilla que se iba haciendo polvo contra las paredes. En un instante de suerte, a Lili se le encasquilló el hombro y Nico aprovechó para correr hasta ella, con la mirada empañada y un riachuelo de color rojo cubriéndole la parte izquierda del rostro.

—¿Qué pasa, Liliana? ¿Qué te pasa?— repetía Nico de rodillas, agarrándola suavemente por los hombros.

Ella, enfrascada en el fragor de la batalla, cogió sin decir palabra el sobre marrón que descansaba a su lado en el suelo e hizo volar las fotografías de Mark por los aires. A continuación arrastró el portátil por el parqué del pasillo y cogiendo a Nico por la nuca le pegó la cabeza a la pantalla, hasta hacerla chocar con mi avatar de Skype. A Nico se le congeló el rostro y sólo acertó a murmurar *¿Gala?*

—Sí, Gala, tu mujer, con la que sigues viviendo, la que no sabía que vamos a tener una hija, a la que has engañado igual que a mi *hijoeputa*!

—Pero... ¿cómo?

—¿Cuánto tiempo ibas a seguir mintiéndome, mintiéndola, prometiendo? ¡Maldito seas! ¿Y cuándo pensabas decirme que sabías que mi papá tiene una amante? ¡Después de todo lo que te he contado!

—¿Qué tiene que ver tu padre con todo esto? Lili, un momento, cálmate por favor. Créeme si te digo que no hay nada entre Gala y yo, hace tiempo que lo nuestro se acabó. Por favor, quiero estar contigo, créeme por favor.

—¡Mi papá tiene una amante y no me dijiste nada! Tú sabes del libro que estoy escribiendo para mi mamá, ¿cierto? ¿Cómo has podido? Todo son mentiras ¡eres una mentira! ¿Cuándo pensabas decirle a tu esposa que vamos a tener una hija? ¡Eres un sinvergüenza!

—Liliana, espera un segundo, vamos por partes. Yo no tengo por qué meterme en la relación de tus padres. Y además, tu padre me dijo que lo de Julia se acabó. Con Gala no hay nada, hace tiempo que nos separa un abismo, nunca hablamos, casi ni nos vemos. Créeme. Ella ya sabe que estamos juntos y que vamos a tener una hija. Ya se lo he contado.

—¡Claro que lo sabe! Nos hemos hecho comadres, güevón. Y tú no le has contado nada, no seas mentiroso. ¡Lo descubrió ella solita!

Liliana no esperó más réplicas. Jadeante y encendida, dejó a Nico con los restos de la guerra y se encerró en su habitación.

Más adelante me contaría, con una precisión que me pareció hilarante, que el coste material de la escena fue de 13,239,308 pesos colombianos más las siete noches de hotel que tuvo que pagar Nico después de que ella descargara toda su ira, tirándole la maleta por la ventana y prohibiéndole volver a poner un pie en esa casa.

Por lo menos ocupa poco el pendejo, pensó Lili.

Cuando Nico salió de casa, ella estampó contra la puerta los dos platos de café que habían sobrevivido a la contienda, se atusó el pelo con coquetería y llamó a su madre para contarle todo.

16

—Mami necesito hablar contigo.

—Hola hija, qué bueno escucharte. ¿Qué pasó?

—Han pasado muchas cosas. Necesito verte ya.

—Qué pasa Liliana, cuéntame hija. Tengo que esperar a Tomás que me trae unos esquejes para una nueva *exótica*.

A Lili aún le sorprendía que su madre hablara con eufemismos, que siguiera ocultándole la verdadera identidad de esas plantas.

—Me vale verga Tomás y sus exóticas mami, ven ya por favor.

—Está bien mija, deja que le hable un segundo y salgo para allá.

—Dale, rápido, chao.

A la media hora Teresa tocaba el timbre. Tenía los ojos vidriosos, no de llorar precisamente. Estaba guapísima, relajada y sonriente. Lili, sin embargo, parecía un mocho. Le dio un beso rápido y la invitó a pasar. Le ofreció una copa de vino que su madre aceptó encantada y ella rellenó su vaso con jugo de jengibre, para terminar de rematar el ardor que arrastraba desde hacía horas. La mano le temblaba y era consciente de que estaba fuera de si.

—¿Qué te pasa Liliana? me estás asustando.

Lili no sabía por dónde empezar, así que le alcanzó el sobre marrón que contenía las fotografías de Mark.

—Esto me pasa, mamá, en primer lugar.

Teresa abrió el sobre y empezó a pasar las fotografías como si fueran las páginas de una revista de decoración. Lili la observaba, impresionada por su pulso firme, mientras ella tenía que hacer un esfuerzo por respirar a un ritmo normal. Teresa se afanaba en enfocar los ojos para combatir de un solo golpe la fumada y la hipermetropía. «No llevo las gafas hija» dijo Teresa intentando ganar algo de tiempo mientras se inclinaba para ver las fotografías. En realidad había visto perfectamente a su marido, a Julia y a Nico y cuando Liliana regresó con las gafas, Teresa fingía descifrar lo que tenía delante, entornando la vista para acentuar el gesto. Se puso las gafas y Liliana le clavó la mirada durante cinco segundos que se le hicieron eternos, esperando una reacción que nunca llegó.

—Ese es papá —dijo torpemente, intentando romper el hielo.

—Sí, ya vi.

Liliana se había imaginado gritos y lloros, decepción, enfado, rabia, cualquier emoción desgarrada. Pero lo único que hizo Teresa fue dejar las fotos con mucha calma sobre la mesa y levantar ligeramente los hombros.

A Liliana le picaba todo el cuerpo.

—Cómo que ya viste, mami. ¿No tienes nada que decir?

—¿Qué me quieres decir tú, Lili?

—¿Qué te quiero decir? Que ese de ahí es papá. Y esa… esa no eres tú.

—Efectivamente, no soy yo. Es Julia.

—¿Cómo dices?

—Que se llama Julia, hija.

—¿La conoces?

—Bueno, no personalmente, pero sé de ella.

—Por Dios mamá, ¿de qué hablas? ¿Quién es esa Julia y qué hace con papá? De paseo por el parque, ¿no ves? bien agarraditos. ¿De qué va esto, mami? ¡Pero si parece su hija!

—Aha. Tiene cuarenta y dos años.

—¡¡¡Mamá!!!

—Tranquila, Lili. Julia y papá son amantes, bueno, eran. Son cosas que pasan a menudo ¿sabes? pero no hay nada por lo que preocuparse querida. De hecho, ahí se estaban despidiendo para siempre.

—Espera, espera. ¿Que son amantes? ¿Y así me lo cuentas, como si nada?

—Bueno, ya no volverán a verse.

—¿Pero es que acaso *se veían*? ¿Y tú lo sabías? ¿Puedes explicarte mejor, por favor? La nena me tiene frita a golpes por dentro.

—Ay tan linda mi nietita…

—¡Mamá basta! ¿De qué demonios va esta historia? Me había preparado para consolarte, para recoger tu desilusión, no para este delirio. Ah, ya entiendo, es la negación, sí, sí, es eso. Estás tratando de protegerte, es normal mami, la negación es una primera fase en la que…

—Qué negación ni negación mi niña. Tu papá siempre fue así, igual que el papá de Mariana, igual que el papá de Luz, igual que el papá de Fernanda…

Teresa se puso a enumerar a todos los maridos del vecindario. Liliana estaba ojiplática, agarrándose la barriga, con miedo de que se le cayera de golpe por la presión que sentía en las caderas, mientras el bebé pataleaba como si fuera partícipe de la escena.

—Tu papá ha tenido sus aventuras… y yo las mías, bueno, la mía.

—¿Cómo dices? ¿Tú también? —El corazón le golpeaba violentamente la carótida—.

—Bueno, he pasado buenos ratos con Tomás —dijo Teresa dejando asomar una sonrisa traviesa—. Pero eso también se acabó ya.

Liliana tuvo que sentarse para evitar caer redonda al suelo. En su mente, Nico y sus padres peleaban por alzarse con el trofeo del desengaño, con el primer premio a los estafadores. Era demasiado que digerir.

—Mira hija, contra todo lo que pueda parecer, tu papá y yo nos seguimos queriendo, sólo que de una manera diferente a la que tú estás acostumbrada tal vez. Hemos pasado nuestros baches, ¡son cuarenta años de matrimonio! Pero seguimos unidos como un equipo y por eso hemos decidido poner fin a unas aventuras que estaban llegando peligrosamente lejos.

—¿Peligrosamente? ¿Qué tan lejos puede llegar una aventura para que no sea un peligro?

—Eso dependerá de cada pareja… En nuestro caso hemos llegado al límite porque tanto Julia como Tomás querían más de nosotros.

—¿Y qué querían de más, si se puede saber?

—Pues, ya sabes, la convivencia, construir una vida juntos de verdad. En el caso de Julia incluso formar una familia quizá. Pero tu papá y yo firmamos un pacto hace muchos años, la primera vez que le descubrí.

—¿La primera vez? ¿Ha habido más entonces? No puedo creer lo que estoy oyendo. ¿Y en qué consiste ese pacto, mamá?

—Sí, ha habido otras antes. Pero juramos no dejarnos solos, nunca. Mira mi amor, sufrí mucho al principio. Llevábamos apenas cuatro años casados cuando me enteré de que había tenido una aventura con una de sus secretarias. Estaba igual de furiosa que tú ahora, pero con el tiempo lo entendí. Eramos muy jóvenes. Cuando nos casamos no nos conocíamos apenas y ninguno de los dos había tenido experiencias previas. Nuestros padres quisieron que el noviazgo fuera corto y les dimos el gusto. Creo que fue un error pero entonces tampoco teníamos tanto poder de elección como tienen ustedes ahora, a nosotros nos educaron en acatar las normas que dictaran nuestros papás. Al poco tiempo de casados llegaste tú y fue como una bendición para mi...me olvidé del mundo y de tu papá también, quería disfrutarte, tenerte sólo para mí. Y creo que tu papá se sintió abandonado y por eso volvió a caer. No lo excuso, ni mucho menos, pero creo que yo lo dejé de lado y eso influyó en que buscara otro tipo de cariño fuera de casa. Todas mis amigas estaban pasando por lo mismo así que en cierto modo me convencí de que eso era lo normal, lo que nos tocaba vivir. Me daba miedo quedarme sola como la Virtudes...

A Teresa se le empezó a ir la cabeza a la vida de la Virtudes, una vecina, tal vez la única, que se atrevió a ser independiente en una época en la que eso no era lo normal.

—Ahora entiendo que la Virtudes hizo de su vida lo que quiso y que estuvo bien hecho. Pero hace cuarenta años yo no estaba preparada para eso y me aterraba acabar como ella, Lili. No quería estar sola y se lo dije a tu papá. Le conté que sufría con sus deslices pero que me daba más pánico verme sin él. O empezando de nuevo con otro hombre. Tu papá me juró que nunca, nunca me dejaría sola, que su compromiso conmigo estaba por encima de cualquier aventura. Quise creerlo y me aferré a esa idea, despreocupándome desde entonces de todo lo que él hiciera por otro lado. Nunca más volví a indagar en sus asuntos y nunca más le volví a preguntar. Él siempre fue atento conmigo, nunca se olvidó de los detalles, nunca dejó pasar una fecha especial para irse a otro lado y contigo fue un buen papá. A mí me resultaba suficiente y me fui olvidando de esa otra parte suya. Te sonará cobarde, pero la idea de la soledad me parecía más insoportable que la de permanecer junto a tu papá, fuese como fuese. Me calmaba ver su armario lleno, sus pantuflas, su cepillo de dientes. Me gustaba observarlo algunas tardes de domingo cuando se sentaba en su butaca a leer el periódico después de comer. Esa sensación de hogar era lo que yo quería. Y aunque, si bien estaba tranquila la mayor parte del tiempo, es cierto que me sentía un poco incómoda a veces, cuando pensaba que aquella forma de vida no era la que se suponía que debía ser. Era más bien una construcción nuestra. ¿Pero, qué es lo que debe ser y qué vida no es una construcción propia? Nos han hecho creer que todas las casas tienen que ser iguales y que lo contrario significa el fracaso. Y eso no es así querida. Hay construcciones de todo tipo. El problema es que normalmente nadie se atreve a compartir las diferencias. Tenemos miedo de que nos juzguen o de que nos miren con lástima. Hay que ser muy valiente para salirse del modelo.

—No entiendo nada, mamá. ¿Y tú también tuviste una relación con Tomás?

—Ay, Tomás… al principio no sentí que estaba conociendo a otro hombre. Imagínate, con el miedo que me daba simplemente la idea. Pero congeniamos muy bien, pasábamos muchas tardes juntos, compartíamos una afición que nunca compartí con tu papá. Y, poco a poco, se abrió otro mundo para mí. Extrañamente, esa nueva realidad con otro hombre me acercó más a tu papá. Fue entonces cuando entendí la emoción de descubrir una piel desconocida, la adrenalina por lo prohibido. Tu papá y yo logramos durante todos estos años vivir en una especie de armonía dentro y fuera de la casa, cómplices de un secreto…de un modo extraño, lo sé. Es difícil de entender si no lo experimentas en primera persona. Nadie en nuestro círculo íntimo se podía imaginar cómo era en realidad nuestra relación, todos nos veían como la pareja perfecta, inmune al paso de la vida y sus temporales. Quisimos ser también un ejemplo para ti y entiendo que estés sorprendida, pero me alegro porque ahora sé que creciste ajena a nuestra vida privada. Nuestra vida como matrimonio, no como tus papás.

Recientemente tomamos la decisión conjunta de darnos una nueva oportunidad, porque ya estamos viejos y queremos andar el último tramo juntos, sin sobresaltos. Ya no necesitamos lo otro. Por eso te dije que esas fotografías que tú tienes son el retrato de una despedida: tu papá y Julia llevaban juntos varios años y Julia, debo decir la pobre Julia, se ha llevado la peor parte en realidad, aunque te parezca grotesco. Porque tu papá nunca quiso dejarme a mí para estar con ella y ella lo soñó y lo suplicó durante demasiado tiempo. Tomás también quería algo parecido. Nunca entendió cómo podía seguir al lado de tu papá. Pero las parejas tienen sus pactos, acuerdos secretos de los que nadie sabe y que en algunos casos como en el nuestro son, afortunadamente, inquebrantables. Quiero que entiendas, hija, que las relaciones son como un contrato entre dos personas que eligen sus propias reglas.

Liliana hipaba, desconcertada, incapaz de asimilar la moraleja de ese cuento. Su madre, a la que creía abnegada y casi beata, estaba dándole una lección de vanguardia asombrosa.

—Nico me ha engañado también —dijo al fin entre sollozos. Sigue casado y he conocido a su mujer. También lo he visto en varias fotografías con papá y esa Julia, por tanto sabía de la aventura de ellos y no me dijo nada, a pesar de que le hablé de tu libro.

—¿Qué libro?

—Ya no importa. Era una sorpresa para ti pero la sorpresa me la he llevado yo con todo lo que me acabas de contar.

—Liliana, mi amor, espera antes de sacar conclusiones. Lo de las fotografías con tu papá es normal, al fin y al cabo Nico se ha convertido en su mano derecha y no me extraña que haya conocido a Julia. Pero al contrario de lo que tú piensas, creo que hace bien en no meterse en los asuntos de de los demás y en protegerte, en cuidar la imagen de tu papá para ti.

—¿Los asuntos de los demás? ¡Se trata de mi papá! Y él sabía que no me gusta cómo se comporta contigo. Tendría que habérmelo contado. Entre Nico y yo no veo ningún contrato como tú dices, sólo mentiras desde el principio.

—El contrato no se crea solo, hija. Tienen que escribirlo ustedes. Respecto a su esposa, quizá ella lo esté negando porque sigue enamorada y quiere ponérselo difícil. O quizá Nico no esté siendo sincero contigo. Tienes que hablar con él, dale una oportunidad. Puede que estés equivocada y que en este caso seas tú la mujer con la que quiere hacer ese pacto.

—Mira mami, todo eso que me cuentas de las relaciones abiertas me suena a chino. Supongo que yo también crecí con el ideal equivocado.

— Yo sé mi amor. Sólo digo que tendrás que encontrar tú sola el camino y que no te aferres a principios inamovibles. ¿Quién es su esposa, cómo la conociste?

—Se llama Gala. Descubrió la ecografía de la bebé y me contactó. Bueno, no así exactamente…nos hemos conocido online, es una historia muy larga.

Teresa siguió con su discurso sobre las parejas pero Liliana desconectó completamente. Ni lo entendía ni quería oírlo.

—Fíjate, tu papá y yo después de tantos años y tantas vueltas, volvemos a empezar. Hasta quiere ir soltando cuerda en el trabajo, dice que seguramente Nico le pueda suceder pronto. Nos instalaremos en la casa de la playa para leer y dar paseos, para recibir amigos y para disfrutar de nuestra nieta. Serás una mamá estupenda, ya verás.

Lili acabó por calmarse con el efecto de esa película de sobremesa. No era su estilo pero el runrún logró distraerla temporalmente de la ira desbocada que acumulaba contra Nico. Tal vez su madre tuviera razón en algo: aún no tenía todas las piezas del puzzle. Puede que la relación entre Nico y Gala estuviera acabada de verdad y que Nico quisiera empezar una nueva vida.

Tenía que descubrirlo cuanto antes.

17

Llamé a Ana el viernes por la mañana para decirle que sus sospechas eran ciertas y que había conocido a Liliana. Se quedó de piedra cuando le detallé todo lo que me había contado Lili de *ese* Nico que a Ana le desconcertó tanto como a mí. «No me creo nada, Gala. Esto me huele a chamusquina y creo que la tía esa va a salir mal parada también», me dijo.

Ese fin de semana era puente en Madrid y se me ocurrió sobre la marcha irme a Tarifa. Quería desconectar, ver la casa y conocer por fin a Ángela, su dueña, con la que únicamente había intercambiado un SMS. Juanjo nos había puesto en contacto después de haberme mandado el e-mail con las fotografías de la casa y de que mi único comentario al respecto fuera preguntarle si en el patio había hortensias.

Gracias por tu e-mail, Juanjo, creo que es justo lo que estaba buscando. Sólo tengo una pregunta, muy importante y clave en mi decisión, ¿hay hortensias en el patio?

Me imaginé la cara de Juanjo. Estoy convencida de que estaba preparado para responder si la casa tenía alarma, si los recibos mensuales eran muy altos o si la casera estaba dispuesta a cambiar las tapas de los inodoros. Las preguntas clásicas a las que están acostumbrados los de las inmobiliarias. Saber si en la casa había hortensias (*qué es una hortensia,* se había preguntado Juanjo) era algo que estaba fuera de su alcance. Por eso le pasó el testigo a Ángela y ella le dijo que podía darme su número de teléfono para lo que necesitara. «Que no mande mensajes de esos rápidos» le dijo a Juanjo. Él pasaba de las flores y ella de los WhatsApp.

Mi primer contacto con ella fue por tanto un nada invasivo SMS preguntándole si tenía alguna hortensia plantada en el jardín (*perdona la pregunta, les tengo alergia*) y al cabo de una hora recibí una respuesta concisa y llana: «No son mi estilo». Me encantó el ahorro de palabras y más aún el no haber tenido que pedirle que las arrancara.

Ese viernes le mandé un nuevo mensaje:

Hola Ángela, ¿Cómo estás? Estoy pensando en ir a Tarifa este fin de semana. Si estás disponible, me encantaría conocer la casa. Un abrazo, Gala.

Me puse a hacer la maleta antes de que me contestara. Ya me había emocionado con la idea de irme, de huir del puente y de los turistas. No me importaba si no podía ver la casa. Sentí el subidón de improvisar de nuevo, de decidir mi vida al minuto, de volver a ser yo. Encontré una habitación doble en el Hotel Misiana y me vi enseguida en la Playa de los Lances, pasando la tarde en Carbones 13. Saldría de Madrid el sábado muy temprano y volvería el lunes por la mañana, para evitar el tráfico de los que apuraban hasta el último minuto. Cuando estaba cerrando la cremallera de la maleta, vi encenderse la pantalla del móvil en la mesilla:

Aquí estoy. Avísame cuando quieras ir a ver la casa.

Esa noche dormí a pierna suelta y me levanté a las seis con una energía que hacía mucho que no tenía. Me vestí y bajé a tomarme un café donde Lola, que como buena panadera sabía lo que era madrugar todos los días del año. Le conté que me iba a Tarifa y que iba a ver una casa a la que tal vez me mudara un tiempo. «¿Entonces te llevas ya las cajas?» me soltó de golpe, y acto seguido empezó a justificarse por si había sonado un poco grosero. Yo me reí y le contesté que esta vez no, pero que pronto le dejaría vacía la trastienda. Sabía que me estaba haciendo un gran favor y que no le sobraba el espacio. Me devolvió la sonrisa y, sin un ápice de sorna, con una voz firme pero dulce, me contestó que no pasaba nada. «Tómate el tiempo que necesites, bonita».

Estaba conectando el móvil al coche cuando me llegó un WhatsApp de Nico. Primero un *selfie*: la sonrisa marcada por el diente roto, la ceja con una de esas tiritas de puntos de aproximación. A continuación el mensaje:

¿Puedes hablar? Lili me ha echado de casa. Necesito tu consejo, por raro que suene me siento como el cazador cazado y sé que sólo tú me entenderás. Dime algo, por favor. Un beso.

Ay, Nico. Un consejo para el cazador cazado. Un beso. Sentí algo de lástima por él. Puse el *playlist* en modo aleatorio y enfilé la A-4 escuchando *Brilliant disguise* de Bruce Springsteen.

18

Cuando llegué a la casa de Tarifa, Ángela me estaba esperando con la puerta entreabierta: un portón robusto, de madera clara, un poco desvencijado y roído por las salinas, como yo en ese momento. Creo que le di buena impresión a primera vista, porque noté un cierto alivio en su mirada cuando me vio llegar del otro lado de la calle.

Lo primero que me llamó la atención fueron sus manos. Las tenía perfectas a pesar de su edad y de andar todo el día trajinando con plantas. Llevaba puesto un caftán de estampado geométrico y durante nuestra conversación me fijé en que de vez en cuando se metía las manos en los bolsillos del vestido y las movía removiendo algo que crujía como el papel celofán.

Ángela me confesó su edad con orgullo, ochenta años, como quien revela un secreto sorprendente, enarcando las cejas en un gesto pícaro. Se mostraba de una pieza, firme y confiada, porque tenía la vitalidad de una de sesenta y la tranquilidad de poseer un imperio inmobiliario en la Costa de la Luz. Estuvimos hablando un buen rato en la calle, en el umbral de la que había sido su casa durante cuarenta años y ahí comprendí enseguida que ese era era un lugar especial para ella. Me dijo que si finalmente me quedaba con su casa, ella se mudaría a otra más pequeña, a dos calles de allí. Quería asegurarse de que el jardín y la higuera, su *hija* predilecta, estuvieran bien atendidos.

Le había dado la exclusividad a una inmobiliaria para que se ocuparan de anunciarla y hacer el primer contacto con los potenciales inquilinos, pero era ella personalmente la que iba a dar el visto bueno de cualquiera que se hubiera interesado. Juanjo, el chico de la inmobiliaria, ya me había avisado de que la última palabra la tenía Ángela, que tendría que pasar una especie de *casting* y que la dueña había rechazado ya a varios candidatos.

Cuando, finalmente, Ángela empujó la puerta con la mano bien abierta supe que había pasado el examen y también que ese era el sitio en el que me quería quedar, el refugio donde recuperarme. El patio me dejó boquiabierta, pensé incluso que si la casa no me gustaba por dentro podría poner un tipi y dormir ahí, al raso. Estaba impecablemente cuidado, pero tenía mucha personalidad. Como una pequeña jungla, llena de plantas y flores, con un balancín de hierro blanco enmarcado en una rosaleda y una pequeña fuente de pared en la esquina, con la cabeza de un león que escupía agua con delicadeza. A los pies del león, había tiestos de cerámica de diferentes tamaños, en azul añil, en amarillo albero, llenos de gitanillas. En el lado izquierdo del patio, la pared entera era una celosía de jazmines rematada en un extremo por la majestuosa higuera, su niña bonita. Comprobé enseguida que, afortunadamente, no había ni una sola hortensia que enturbiara mi visión.

—Pasa —dijo Ángela sujetándome la puerta.

La casa por dentro era una extensión del paraíso. La planta de abajo, un espacio luminoso y diáfano vestido con un suelo de azulejo portugués, constaba simplemente de un salón grande con dos sofás de lino y una mesa baja y estaba separado de la cocina por una isla de madera. Lo justo y necesario. No dije nada pero no hizo falta porque sabía que Ángela podía leer mi impresión. Subimos por unas escaleras de cal para que me enseñara las habitaciones y al llegar a la planta de arriba le pregunté si podía habilitar una de las habitaciones como despacho.

—Creo que ésta te gustará.

Recorrimos el pasillo hasta la última puerta y al abrirla me pareció entrar en la habitación de un convento. Sólo había un camastro metálico contra la pared de la derecha y una mesa de madera pesada y oscura bajo la ventana. Al lado de la mesa había una hornacina de obra llena de libros. La austeridad se me antojó como el decorado perfecto para renacer.

—Es justo lo que necesito. Ora et Labora —le dije.

—Yo de eso poco, pero allá cada cual con lo suyo —me contestó.

Al terminar volvimos al patio y Ángela se sentó en el balancín moviendo las piernas igual que lo haría una niña pequeña. Durante unos segundos solo se oía el rechinar del columpio.

—Bueno ¿qué te ha parecido? —me preguntó.

Y en ese momento se metió de nuevo la mano en el bolsillo del caftán y después de revolverlo, como si estuviera eligiendo a ciegas, sacó un caramelo con un melocotón dibujado en el envoltorio y me lo ofreció. El corazón me dio un vuelco al ver ese caramelo que llevaba casi treinta años sin ver y que tenía un significado muy especial para mí. Los pies se me pegaron al suelo, como atraídos por un imán invisible muy potente y no fui capaz de contestar, así que ella sacó el caramelo del envoltorio y se lo llevó a la boca mientras mi cabeza volaba a otro patio, al de mi niñez, al de mi abuela Lita y sus caramelos rellenos.

Era una especie de ceremonia secreta. Cada vez que iba a visitarla, después de darme esos cien besos en uno que sólo las abuelas son capaces de dar (y no sin antes destacar si estaba más gorda o más delgada), mi abuela Lita se levantaba de su sofá de terciopelo ya raído, con el asiento sepultado por incontables tardes de siesta y televisión, y caminaba decidida hacia el armario de su cuarto. Allí, dentro de una caja metálica de galletas danesas, iba acumulando puñados de caramelos rellenos que compraba en la tienda de comestibles de la esquina de su casa. Lita siempre abría la caja delante de mi, como si fuera su tesoro más preciado, como si se tratara de un secreto entre las dos. «Coge uno nena» me decía casi susurrando.

Mi abuela siempre me llamaba nena.

Los caramelos tenían el tamaño de un hueso de níspero y a mí me gustaban especialmente los que estaban rellenos de melocotón. Recuerdo morder ese caramelo duro, imposible de partir con una dentadura postiza como la de mi abuela, y notar cómo se iba esparciendo por mi lengua el almíbar del relleno, un jarabe viscoso y extra azucarado que seguramente hoy no podría aguantar más de dos segundos en la boca. Al ver a Ángela marear el caramelo contra los carrillos, tratando de disolverlo como hacía mi abuela, se me abrió de pronto una compuerta interior y se empezaron a agolpar las memorias en casa de mis abuelos, la casa de la modorra de los veranos eternos en los que di los estirones de niña.

Los recuerdos no respetan el orden ni la hora de llegada y de los caramelos salté al sabor de la leche en polvo que mi abuela mezclaba con agua y que escondía en el mueble más alto de la cocina porque sabía que mi prima y yo le metíamos mano durante la siesta. Me vi también, de niña en su terraza, arrancando la hoja de un cactus sin espinas y acariciándola lentamente antes de apretarla para dejar escapar el líquido pegajoso de la salvia.

Ángela retorció el papel del caramelo hasta hacer un canutillo y al fijarme en sus manos di otro salto en el tiempo y vi las de mi abuela, con las manchas de sol dibujando el mapa de su vejez. Me acordé del bote azul de Nivea que guardaba en su mesita de noche y que potenciaba la exquisita suavidad de sus palmas. Esas manos, tan desproporcionadamente grandes para ser de una mujer, con su alianza y la de mi abuelo enterradas en la última falange del dedo corazón. Siempre pensé que esos dos anillos se irían con ella el día que muriera, que nadie sería capaz de despojarla de ese símbolo de amor eterno, porque entre el tamaño de sus dedos y la tiesura que acompañaba al *rigor mortis*, sería imposible que salieran de ahí, por mucho aceite que untaran, por mucho que insistieran con agua y con jabón.

Mi abuela se fue con su ajuar funerario, sus labios pintados de rojo para la eternidad y las cejas delineadas como Edith Piaf. Si me lo hubieran permitido se habría ido también con un par de caramelos rellenos en el bolsillo de su rebeca.

Le gustaba vestir con falda, siempre tres dedos debajo de la rodilla, y llevar el pelo perfectamente ahuecado, marcando unos grandes rizos dorados que su peluquera Laly se encargaba de mantener con una visita a domicilio dos veces por semana. Mi abuela olía a limpio neutro, a polvos de talco y a colonia de litro.

Descubrió los pantalones y el Telepizza con ochenta años y desde entonces se agarró a esa idea del confort. Se quitó la falda para siempre y añadió la pizza al menú de los viernes. De lunes a viernes prefería el bizcocho casero (*con huevos y harina se sube la colina*) y un zumo de naranja, quizá en homenaje a la huerta y los frutales, su paisaje de infancia.

En los días de fiesta bebía Fanta de limón, como hacíamos los niños en las reuniones familiares, viendo cómo el resto de adultos perdían la cuenta de las cajas de cerveza y las botellas de vino que iban vaciando y que hacían aumentar la temperatura de las conversaciones.

Vivía en una casa grande, pero el vaivén diario transcurría en dos habitaciones: la salita de la tele y su dormitorio.

En la salita de la tele, la programación se reducía al telediario, a *Rex, un policía diferente* y a la misa de los domingos; a un volumen inaguantable para cualquiera que fuera a visitarla pero que a ella no le alteraba en absoluto, porque su verdadera atención estaba en los crucigramas y en el balcón que tenía junto a su butaca y al que se asomaba de vez en cuando para contar los coches que pasaban por la calle. De tarde en tarde, también, se apoyaba en la barandilla con la mirada fija en la iglesia que tenía enfrente y recordaba a las pocas amigas que le quedaban.

En la pared de la salita había un retrato de mi abuelo, un señor con boina negra y la cara gris verdosa, como de aceituna machacada. Decían que era de la época de la guerra, como si esa fuera la forma más bonita de recordarlo, como un homenaje neorrealista, sin edulcorar, para no olvidar que cualquier tiempo pasado no fue mejor. A mí me parecía que mi abuelo era como un galgo en esa pintura, el mismo color y la misma delgadez, los mismos ojillos en alerta, con una mirada de saberse acorralado, del que sabe que ya no servirá cuando termine la temporada de caza.

A la hora de la siesta mi prima y yo explorábamos la casa en busca de secretos, de algún misterio que creíamos oculto en la biblioteca o en el cuarto de la cama alta, el que había sido el dormitorio de la criada cuando mi madre y sus hermanos eran pequeños y en el que nadie se atrevía a dormir porque era frío y oscuro.

Otras veces salíamos a la terraza, arriesgando nuestra vida, porque todo el mundo sabe que en verano el sur de España se despuebla a la hora de comer, que a nadie en sus cabales se le ocurre pisar la calle entre las dos del mediodía y las nueve de la noche. Cuando abríamos la puerta de la cocina que comunicaba con la terraza, la bofetada de calor era de tal magnitud que mi prima y yo entrábamos instantáneamente en un estado de embriaguez que nos insuflaba de una valentía inconsciente. Era entonces cuando nos daba por saltar al tejado, un tejado de pueblo de color naranja, resistente a las heladas de febrero y a los hirvientes días de agosto pero que tenía muchas tejas rotas y que quemaba como debe quemar el infierno. Drogadas por el calor, saltábamos de una casa a otra como veíamos que hacían los gatos, que se movían por aquellos techos con ligereza, aguantando el tiempo exacto en cada teja sin que se les quemaran las almohadillas esas que tienen bajo las patas.

En casa de mi abuela, según entrabas a la derecha, había un mueble con la cubertería de plata, un juego completo con las iniciales de mi abuelo grabadas. La que fue la cubertería de domingo de mi madre y sus hermanos y que ahora he heredado yo, aún sabiendo que no la usaré nunca porque a lo mejor no quiero recordar que la sopa de mi abuela sabía a metal, aunque fuera noble.

Enfrente del mueble, pasando el recibidor, estaba el salón comedor con una biblioteca de suelo a techo saturada de libros. En ese salón el ambiente se notaba cargado, todo el espacio estaba dominado por una nube de silencio, pesada, con olor a tiempo detenido. Yo siempre me sentía incómoda en esos sillones de escay, rodeada por los retratos de la familia, de otras vidas pasadas, de momentos congelados. Muy a mi pesar, ese era el salón de las cenas familiares en Navidad, cuando aún hacíamos de esas, cuando llegaban los primos mayores disimulando la alegría de los primeros güisquis y en las que mi abuelo contaba las mismas batallitas año tras año. Esas cenas en las que la familia se gritaba y se peleaba por viejos reproches o por un quítame allá esas pajas.

La Navidad es el reencuentro ideal para saldar deudas pendientes. Siempre se empieza con los abrazos, el cómo han crecido, el que ilusión veros. Y cuando llega el postre, con el Anis del Mono y la cuchara *hacia Belén va una burra rin rin* aparecen los reproches. Ahí es cuando se presenta de verdad El Lobo, qué gran turrón. Los ceniceros siempre estaban llenos y por ende los niños envueltos en una nube de humo tóxica que hoy sería impensable, pero que durante mi infancia era un símbolo de hogar. Ese hogar que es al mismo tiempo zona de guerra y paz donde se manifiesta el cariño entre regalos, risas, brindis y gritos porque querer también es gritar, también es decir:

Hasta aquí hemos llegado no puedo más.

Tienes el culo más gordo.

Qué pesado eres.

Esa cena que es testigo de los secretos entre los matrimonios que aguantan la sonrisa, la fuerzan y la dibujan, contando los minutos para salir de ahí, para llegar a casa y decir: no soporto a tu familia. Aunque el año que viene acabemos haciendo lo mismo. Y al siguiente. Y al otro.

Mi abuela mataba a los pavos de Navidad con sus manos, les retorcía el pescuezo y luego los pinchaba para desangrarlos, para recoger la sangre en un bol y hacer con ella pelotas de Navidad, *pilotes de Nadal*, sangre mezclada con carne para que no se te olvide el dolor y el sufrimiento de Cristo. Preparaba cada año una sopa de picadillo y sus fieles seguidores disfrutaban devorando un caldo lleno de tropezones de carne y huevo. Yo siempre rogaba por una sopa de fideos, *por favor, que no sepa a carne abuela, que no sepa a nada*. A ser posible que no sepa a la plata de las cucharas.

Así hasta que llegaba la bandeja con los turrones, los polvorones y las marquesitas y alguien sacaba las panderetas y la botella de Anís para raspar con la cuchara, *yo me remendaba yo me remendé*, porque nos caemos fatal pero la música amansa a las fieras y es la hora de cantar villancicos. Por entonces la tradición se respetaba te gustara o no.

En Navidad mi familia seguía una escaleta, un guión establecido a lo largo de los años que nadie se atrevía a romper para decir: *a la mierda el ritual, ¿quién quiere unas pizzas?* Estoy segura de que, en ese supuesto, mi abuela habría dicho «yo no tengo mucha hambre nena» o «a mi me da igual nena» para luego acabar comiéndose su pizza y la del vecino porque mi abuela tenia un saque acumulado de años de guerra. Tenía el pico y la maleta siempre lista, preparada para subirse a cualquier coche en marcha, nunca a un avión. Si había que viajar dieciocho horas en autobús para ir al Vaticano a conocer a Juan Pablo II allí estaba ella la primera, *porque a mi lo que me gusta es salir de casa y mirar por la ventanilla del autobús, para ver otra cosa que no sea la iglesia de San Miguel, para dejar de contar coches y para no acordarme de las amigas que ya no están.*

A veces la vida se queda detenida en un instante, un momento aparentemente cotidiano que se congela y al que puedes volver sin dificultad. Por eso puedo revivir, nítidamente, que me estaba sirviendo un café el día que mi madre me llamó para decirme que se había muerto mi abuela. Y que al colgar el teléfono cogí una cuchara y me puse a remover el líquido negro de la taza, pensando en lo absurdo de ese gesto, sorprendida de que la vida siguiera, como si la muerte fuera sólo un punto y a parte.

—Bueno, ¿qué?

—¿Qué?

—Que si te gusta la casa, que si podrás recuperarte aquí de eso que arrastras.

Ángela me sacó de mi ensoñación devolviéndome a la realidad, con las manos en los bolsillos y mirándome detenidamente.

—¿Cómo sabes que arrastro algo? Bueno… déjalo. Es perfecta —le dije.

—Estupendo. ¿Cuándo te instalas entonces? Quiero ir a ver a mi hermana que vive en Santander pero no quiero dejar que las brevas se pudran en el suelo. Cada día me llevo diez o quince, fíjate cómo está la higuera. Me tienes que decir cuándo vienes para irme yo.

Hay mujeres que retrasan los viajes por sus hijos o porque no saben qué hacer con el perro y luego está Ángela, que no se mueve de aquí si alguien no se ocupa de su higuera. Me pregunté por qué sería tan importante para ella y me acordé de la poeta uruguaya Juana de Ibarbourou:

Porque es áspera y fea,

porque todas sus ramas son grises,

yo le tengo piedad a la higuera.

En mi quinta hay cien árboles bellos,

ciruelos redondos,

limoneros rectos y naranjos de brotes lustrosos.

En las primaveras,

todos ellos se cubren de flores

en torno a la higuera.

Y la pobre parece tan triste

con sus gajos torcidos que nunca de apretados capullos se viste...

Por eso,

cada vez que yo paso a su lado,

digo, procurando

hacer dulce y alegre mi acento:

«Es la higuera el más bello

de todos los árboles del huerto.

Si ella escucha,

si comprende el idioma en que hablo,

¡qué dulzura tan honda hará nido

en su alma sensible de árbol!

Y tal vez, a la noche,

cuando el viento abanique su copa,

embriagada de gozo le cuente:

¡Hoy a mí me dijeron hermosa!

—No puedo mudarme hasta Julio, Ángela.

—Uy ¡Pero si son casi dos meses! ¿Por qué no puedes venir antes? Vas ligera de equipaje, te mudas tú sola, ¿no? Pues con una maleta es más que suficiente.

No quise entrar a ahondar sobre lo que significaba ir *ligera de equipaje*. Puede que fuera así, en un sentido literal, pero metafóricamente era lo opuesto, no iba ligera de equipaje en absoluto. Aún tenía que terminar de cerrar los detalles con recursos humanos para venderles mi plan de trabajo en remoto, tenía que despedirme de la que había sido mi casa de mujer adulta y responsable y tenía que decirle a Nico que me iba de Madrid un tiempo. Todo eso que me daba tanta flojera afrontar. Me estimulaba mucho más pensar en la nueva vida que se iba dibujando ante mí.

¡Qué bueno verte, Gala! ¿Dónde te habías ido? Por fin volvía a tratarme con respeto, por fin estaba de vuelta.

Le dije a Ángela que en Junio tenía un viaje reservado desde hacía mucho tiempo. Había leído que en la Amazonía peruana la noche de San Juan se celebraba de una forma muy especial, con pasacalles alegóricos para conmemorar el nacimiento de su santo patrono, con ritos de purificación para ahuyentar los malos espíritus y atraer la buenaventura. Un día le pedí a Flor, la responsable de prensa de mi grupo editorial, que me contara más sobre esta celebración tan arraigada en la selva nororiental de Perú y a ella, limeña hasta la médula, le sorprendió tanto mi interés que me invitó a pasar unos días en su casa de Lima y prometió acompañarme a Iquitos a disfrutar de esa experiencia. Cuando organicé el viaje, mi motivación principal era el folclore y, ahora que se acercaba la fecha, estaba más motivada por la mística de la celebración en sí. Qué mejor forma de invocar la llamada de mejores tiempos por venir que lanzar a la hoguera mi pasado reciente. San Juan, el inicio del verano y el fuego que convierte en ceniza lo viejo, dando paso a la esperanza.

—En cuanto vuelva a Madrid cojo el macuto y me instalo. Ya mandaré las cajas con mis pertenencias más adelante.

—¿Perú? Qué suerte, *nena.* Si se pudiera llegar en coche me iba contigo. No soporto los aviones.

19

Volví de Tarifa con la piel mutada y el pelo envuelto en sal. No quise lavármelo antes de emprender el viaje de vuelta porque quería alargar las sensaciones de ese fin de semana, llevarme un poco de playa conmigo. Encendí la radio en el coche de alquiler antes de conectar el móvil para seguir con mi audiolibro y, en ese momento, estaba terminando de sonar la canción de Turnedo, de Iván Ferreiro.

¿Quién no tiene el valor para marcharse?

¿Quién prefiere quedarse y aguantar?

Atardecía cuando llegué a Madrid. Tenía ganas de llegar a casa y agradecí que Nico no fuera a estar. Cuando Nico me dijo que Lili le había echado de casa, le mandé un mensaje diciéndole que no quería saber nada por el momento, que no volviera a casa hasta el veinte de junio como mínimo, la víspera de mi viaje a Lima. «Quédate en Bogotá o donde te dé la gana, ya hablaremos».

Nico me contestó una hora más tarde con un «Vale, nos vemos entonces, un beso». ¿Qué tipo de respuesta era esa? Como si tuviéramos que arreglar algún asunto liviano, en lugar de estar despidiéndonos de todo. Me seguía sorprendiendo su templanza, su frialdad. Ni siquiera en esa ocasión, después de todo lo ocurrido con Liliana, dejó entrever un mínimo de emoción, la más mínima sangre. Era impenetrable. ¿De qué me sorprendía a estas alturas? De todos modos me sobraba ya todo de él, ese beso digital, falso e innecesario. Me parecía tan aburrido imaginar su cara y oír sus argumentos que aparqué ese momento en algún rincón de mi mente hasta que ya no me quedara más remedio que afrontarlo. Qué pereza tener que escuchar sus explicaciones, sus pretextos, tener que regurgitar el punto y final de nuestro matrimonio.

En el momento en el que abría la puerta de casa vi que me entraba una llamada de Liliana que en realidad no me apetecía contestar.

—Hola Lili, ¿cómo estás? Acabo de llegar a Madrid. ¿Todo bien?

Lili sollozaba al otro lado del teléfono.

—Todo fatal Gala. Necesito hablar contigo.

—¿Qué ha pasado? ¿Has hablado con tu madre?

—¿Sigues enamorada de Nico? —escupió sin previo aviso.

Era la última pregunta que me esperaba en ese momento. Tan a bocajarro.

—No entiendo por dónde van los tiros, Lili… pero no. No sigo enamorada de Nico. ¿Por qué me lo preguntas?

Lili sorbió por la nariz y repitió tres veces *okay* con voz de niña asustada.

—Te creo, sí.. pero… necesitaba oírlo. Necesito que sea verdad. Perdóname. Estoy cansada, estoy desorientada, me estoy volviendo loca.

—Lili, es muy tarde. Descansa y mañana te llamo.

Enamorada de Nico… ¿lo estuve alguna vez? ¿Significaba enamorarse sufrir como Lili estaba sufriendo ahora? El desgarro que sentí cuando descubrí la ecografía, ¿tenía algo que ver con el amor?

Mientras deshacía la maleta me acordé de un chico que me gustó mucho cuando tenía doce años. Íbamos a la misma clase y pasé medio año *enamorada* de él, en silencio. Resultó ser que él debía sentir lo mismo porque un día hacia final de curso me dio una carta y una rosa al acabar la clase de matemáticas. Me metí en el baño a leer la carta y su declaración de amor, tan pueril y rasgada, tan de *no me imagino la vida sin ti*, borró de un plumazo mi enamoramiento. Lejos de que se me acelerara el corazón, el estómago se me hizo una bola y vomité la vergüenza contra el alicatado amarillento del váter del colegio. Acto seguido, como si me quemara en las manos, hice pedazos la carta y dejé la rosa junto al lavabo. Fue como un empacho de golosinas, un atracón de romanticismo y promesas fatuas.

No, no me había enamorado de Nico. Me había diluido, inconsciente y desmemoriada, en sus planes de vida y en su astuta versión de la carta y la rosa.

20

—Hola Lili —dije de lejos mientras me hacía un café.

—Gala, necesito hablar contigo…

Lili sonaba ronca y me acerqué al portátil para verle la cara. Estaba pálida y tenía manchas rojas alrededor de los ojos, que se habían convertido en dos canicas brillantes y tristes.

—Estuve hablando con mi mamá, no sabes. Resulta que ya sabía, ella lo sabía todo.

—¿Qué sabía, Lili? No entiendo lo que dices.

—Pues de mi papá. Sabía de sus aventuras y también de Julia… y me dijo que tengo que hablar con Nico porque puede que esto sea un malentendido y que tal vez él quiera estar conmigo y que seguro que tú ya sabías que él se quería separar porque eso se sabe entre las parejas pero que a lo mejor no quieres aceptarlo porque le sigues queriendo y…

—¿Qué? Lili frena un momento, vamos por partes que no me entero. ¿Quién es Julia, para empezar?

—Julia es la que sale en las fotografías con mi papá. Mi mamá sabía que ella era su amante. Más todavía, mi mamá sabía que en esas fotografías ambos se estaban despidiendo…

—¿Despidiendo? ¿Por qué? ¿Cómo lo sabe tu madre?

—¡Porque mi papá se lo contó! Es de locos. Julia quiere más de él, una familia y todo pero mi papá no está dispuesto a dejar a mi mamá por nada del mundo. ¡Mi mamá sabía, Gala! Lo ha sabido todo este tiempo. Mi investigación no ha servido de nada, mi libro de mierda no sirve de nada, mi mamá lo sabía todo y le da igual! Peor aún, dice que han decidido darse otra oportunidad juntos y que se van a vivir a la casa de la playa, después del cumpleaños de mi mamá. Han organizado una comida de despedida para anunciar que Nico va a ser el sucesor de mi papá en la compañía. ¿Te lo puedes creer? Y Nico también sabía de Julia.

Liliana hablaba tan rápido que me costaba retener tantos datos. Me dijo que no sabía qué hacer porque su madre le había dado una charla sobre las relaciones, los acuerdos entre las parejas y las nuevas oportunidades que a ella le sonaba a telenovela barata. Le dio un ataque de hipo antes de ponerse a gritar.

—¡Creo que me he enamorado de Nico, mierda! ¡Otro cabrón como mi papá! Estoy furiosa y confundida y no me creo que eso de los pactos funcione y además no sé si Nico sigue enamorado de ti y...

—¡Para un momento! —la interrumpí. ¡Me estás aturullando!

—¿Qué?

—¡Que no puedo seguirte!

Lili resopló y se pasó el dorso de la mano por la frente.

—Tienes razón, disculpa. Voy a intentar explicarme mejor—dijo.

Empezó hablándome de sus padres, me contó primero lo de la fórmula de su matrimonio, esa especie de contrato que los había mantenido unidos por encima de todo. Me habló de Julia y de Tomás y me alegré de que Teresa tuviera guardado un as en la manga, me pareció que era justo que ella hubiera tenido también su aventura.

Sentí lástima por Lili, porque su plan se había ido al garete. De pronto la vi como a una niña pequeña al rescate de una madre curtida, una madre revolucionaria en el fondo, que distaba mucho de la idea de señora anulada que tenía Lili de ella. Le dije que me parecía bien que sus padres se dieran una nueva oportunidad (qué fácil resulta hablar de las experiencias ajenas) y ella me dijo que su madre había acabado por convencerla para que hablara con Nico y le diera la ocasión de explicarse.

—¿Qué hago, Gala? ¿Qué hago? —Lili me suplicaba con la mirada, la cara cada vez más poblada de ronchas.

—Lili, no sé qué decirte… creo que no soy la persona más indicada. Pero si tanto te gusta, al menos escucha lo que Nico tenga que decirte. Vuestra historia no es la nuestra ni la de tus padres. Tal vez contigo sea diferente… Yo nunca he visto a ese Nico que tú me describes. Yo todo lo que sé es que lo conocí en una fiesta y cuatro años después me vi batiendo un huevo en una cocina grande y fría preguntándome cómo había llegado hasta ahí. Me dejé llevar por la inercia. Yo no le habría estampado nunca ni una vajilla de Ikea, para mí no lo merece. No hay nada en él que me conmueva tanto como a ti. Puede que Nico esté igual de enamorado que tú y que a ti te muestre la mejor versión de si mismo. Tú y yo somos diferentes, así que puede que vuestra historia también lo sea. Es todo lo que puedo decir.

Esa noche volví a casa andando después de trabajar. Corría una brisa ligera que se agradecía y disfruté del paseo por Madrid, de su curiosa mezcla entre castizo y moderno. Estaba sacando las llaves del bolso en el portal de casa cuando oí un maullido débil que venía de la acera de enfrente. Había una moto aparcada y cuando la rodeé para identificar de dónde venía ese quejido vi un gato acurrucado debajo del tubo de escape. Debía de tener unos días de vida. Lo cogí y me lo llevé a casa, le di un baño en el fregadero y le puse un bol con leche. Con la barriga llena, el gatillo buscó un hueco en la alfombra del salón y se quedó enroscado ronroneando por su suerte. En ese momento le mandé un mensaje a Ángela diciéndole que el uno de julio estaría en Tarifa sin demora, pero que no iría sola. «Cuidaré de tu higuera pero Levy vendrá conmigo» le dije, adjuntándole una foto de mi nuevo amigo.

21

El viernes me senté por fin con José María, el responsable de Recursos Humanos de la editorial, para contarle mi plan de trabajo en remoto. Habíamos encajado bien desde que nos conocimos y por eso no dudé en ser directa y franca desde el principio. Le expliqué que me había separado de Nico y que necesitaba alejarme un tiempo de Madrid pero que eso no tendría consecuencias en mi trabajo. José María me miró con una expresión de duda, *qué va a pasar con las reuniones de equipo*, pero le dije que estaría en la oficina siempre que fuera necesaria y le recordé lo bien que manejábamos las reuniones a distancia con nuestros colegas de Italia y Francia.

—Créeme, no vais a notar que no estoy aquí. Y si vemos que no funciona, me vuelvo sin problema. Pero déjame intentarlo.

—Seis meses, no más. Y espero que no se me revolucione el gallinero y empiecen a decirme todos que quieren hacer lo mismo que tú. Si eso pasara, tendrás que volver.

—Hecho, José María. Muchas gracias.

Cuando salí del despacho respiré aliviada por haber resuelto la primera tarea de mi lista: trabajo en remoto *checked*. Lo siguiente sería confirmarle a Juanjo y a Ángela que me quedaría con la casa de Tarifa y ponerme al día con las chicas. El tramo más difícil lo dejaría para el final: contarles a mis padres todo lo ocurrido y despedirme de Cinta, la madre de Nico.

Esa misma tarde firmé el contrato de alquiler y por la noche nos juntamos las cinco para tomar algo en una terraza del Barrio de las Letras. Ana ya les había hablado del libro de Lili y ahora todas sentían cierta lástima por ella aunque Bea seguía indignada con Nico y sin entender del todo que yo hubiera reaccionado con tanta serenidad «Como me lo encuentre no voy a ser capaz de callarme lo que pienso» me advirtió. Andrea estaba sorprendida de que Toño, íntimo de Nico, no supiera nada. Me dijo que había intentado sonsacarle información pero que había visto claro que él no tenía ni idea de todo lo que le había pasado a su amigo. *Los tíos nunca hablan de sus cosas*, replicó Bea, *y menos aún de sus cagadas*. A estas alturas a mi no me sorprendía el hermetismo de Nico y pensé nuevamente en la suerte que había tenido al alejarme de él.

Les conté los detalles de mi viaje a Perú y las cuatro prometieron que irían a Tarifa la primera semana de agosto. Me encomendaron la tarea de buscar la mejor escuela de surf para hacer un cursillo. «La que tenga los mejores profesores» dijo Ana guiñándome un ojo.

Al llegar a casa le mandé un WhatsApp a Cinta invitándola a tomar un café el domingo por la mañana en la panadería de Lola.

«Claro que sí. Qué apetecible vernos las dos solas» me contestó. *No lo sabes tú bien*, pensé yo.

El sábado me levanté temprano para ir a casa de mis padres y liquidar la conversación pendiente, antes de que se metieran en sus rutinas del fin de semana. Mi padre estaba leyendo el periódico en el salón y mi madre mareaba a Silvia, de un lado para otro, con las instrucciones del día. Tocaba comida en casa con "los tiesos" y agradecí en silencio tener que ahorrármela. Me senté al lado de mi padre y le pedí a mi madre que parara un momento y se terminara el café con nosotros en el salón.

—Nico y yo nos hemos separado—escupí.

Mi padre dobló el periódico y lo dejó con calma sobre la mesa.

—Vaya por Dios—contestó—. ¿Y qué le pasa al de la *sonrisita*?

Mi madre, por primera vez en su vida, se había quedado congelada sujetando la taza de café sobre el plato. No reaccionó inmediatamente y me dejó hablar sin interrumpirme.

—Que se va a vivir a Bogotá y que va a tener una hija. Que he descubierto que tiene una doble vida, ni más ni menos. Como ya sé que nunca os convenció, entiendo que tampoco os va a afectar mucho nuestra ruptura, así que más fácil para todos. Yo estoy bien, porque me he dado cuenta de que realmente a mi tampoco me gustó nunca del todo.

—¿Cómo dices? ¿Que va a tener una hija con otra mujer? Menudo caradura. Ya te dije yo que no me parecía de fiar, te lo advertí cuando lo conocí. Con esa pose de triunfador, tan satisfecho consigo mismo. Hija, pues qué quieres que te diga, yo me alegro. ¿Verdad, Paco? Que se vaya *ese* donde le plazca y tú a lo tuyo, a ver si tienes mejor ojo la próxima vez. Lo que yo quiero es un nieto ¿para cuándo lo vas a dejar? Mira que el tiempo pasa muy rápido y los jóvenes de hoy os confiáis y luego no es tan fácil como parece. Hala cariño, no pasa nada. Tú sigue para adelante que vales mucho. ¡Silviaaa!

Mi madre dio por cerrada la conversación dándome un beso fugaz en la frente y levantándose de un respingo. Cogió su taza de café y puso rumbo a la cocina, para poner firme a Silvia con su látigo invisible. Cuando despareció con sus murmullos mi padre me agarró suavemente por el brazo.

—Aunque te veo bien, me imagino que ha sido un trago difícil y lo siento mucho, hija. Ese es un *capullo* que no se merece a alguien como tú y me alegro de que te hayas dado cuenta. Borrón y cuenta nueva. ¿Me oyes? Ya sabes que un paso atrás… ni para coger impulso!

Me abracé a él con fuerza y al juntar nuestras mejillas noté que le brotaba una lágrima con disimulo. Él cogió de nuevo el periódico y siguió con lo suyo, *como siguen las cosas que no tienen mucho sentido,* que diría Sabina. Me despedí de Silvia y de mi madre y prometí llamarla con más calma para contarle mis planes inmediatos.

Pasé la tarde organizando mi armario, agrupando por un lado todo lo que pensaba llevarme inmediatamente y por otro lo que dejaría ahí de forma indefinida. También llené un par de bolsas con ropa y bolsos que me había regalado Nico y que no quería volver a ver.

El domingo por la mañana Cinta llegó antes de la hora acordada y cogió una mesa para las dos al lado de la ventana. Cuando me vio llegar a través del cristal, se levantó con entusiasmo y me dio un abrazo que no fui capaz de corresponder.

—¿Qué te pasa, Gala? ¿Va todo bien?

Lola llegaba justo en ese momento a tomar la comanda. Se mascaba la tensión y le pedimos dos cafés al vuelo. Miré a Cinta a los ojos (esos perdigones de pajarillo cándido) y los míos se humedecieron, inevitablemente.

—No, no va todo bien —respondí conteniendo las lágrimas—. Nico y yo nos hemos separado. Deduzco que no te ha contado nada.

—¿Por qué, qué ha pasado?—respondió Cinta agravando la expresión de su mirada—. No me ha contado nada, no. Pero bueno, no me sorprende. Nico siempre ha sido tan inaccesible para mi… Ay Gala, cuánto lo siento. En cierto modo me temía que llegara este día porque siempre tuve dudas de vuestra relación, lamentablemente. Es mi hijo y lo quiero con locura pero sé que no es un hombre fácil. Es taimado, hermético, nunca he sabido lo que piensa de verdad. Podría decir que no lo conozco del todo, a pesar de haberlo criado. Y el primer día que te vi pensé que eras una bendición para él, que tal vez consiguieras sacarlo de la coraza en la que vive escondido. Pero ya veo que no. ¿Ha pasado algo?

— Han pasado muchas cosas. Nico va a tener un bebé. Lleva tiempo conviviendo con otra mujer en Bogotá. Para ser más precisa, con la hija del dueño de la farmacéutica de la que siempre nos habla. He conocido a esa otra mujer, Liliana, porque descubrí una ecografía del bebé en nuestra casa. Nico no me había contado nada. Y ella está igual de sorprendida que yo porque él le había dicho que nosotros estábamos separados. Es cierto que hace tiempo que hay una gran distancia entre los dos pero no habíamos llegado a hablar del tema, ya fuera para solucionarlo o para separarnos formalmente. Hasta ahora, claro. Dejaré que te cuente él los detalles, si quiere, pero tiene previsto mudarse a Colombia porque, además, el padre de Liliana le ha ofrecido sucederle en la empresa. Profesionalmente, es un gran salto para él. Yo he decidido irme un tiempo de Madrid y en la editorial he conseguido que acepten que trabaje a distancia. Me voy a vivir a Tarifa por unos meses.

— No puedo creer lo que estoy oyendo. ¡Cómo ha podido hacerte eso! Qué bochorno. Lo siento Gala, lo siento muchísimo de verdad. No tengo palabras para expresar lo decepcionada que estoy ahora mismo. Perdóname.

Cinta, cabizbaja y muy apesadumbrada por la noticia, se frotaba la frente de forma compulsiva. No quise decirle que la traición de Nico había resultado ser, en realidad, un gran regalo para mi. Me senté a su lado con el deseo de consolarla, de aligerar el peso de vergüenza y decepción que ella estaba cargando injustamente.

—No te apures, Cinta. No es tu culpa y no tengo nada que perdonarte a ti, más bien al contrario. Hace tiempo que nuestro matrimonio hace aguas. Aunque no hubiera pasado todo esto, no habríamos llegado mucho más lejos.

—¡Pero yo no le he educado así! Es muy humillante, también para mí. Gala, me gustaría que supieras que te quiero como a una hija y que me daría muchísima pena no saber más de ti. Voy a echar de menos nuestros domingos de sobremesa —me dijo apretándome la mano con firmeza.

Tenía las mejillas encendidas y sacudía la cabeza constantemente con un gesto de desaprobación.

—Lo sé. Y ten claro que eso no va a pasar. Yo tampoco quiero perderte. Quedaremos para tomar el aperitivo que es mucho más divertido—le contesté.

—¿Qué te han dicho tus padres?

—No se han sorprendido mucho…

—Me lo imaginaba, no hace falta que me digas más. Ellos no han perdido tanto como yo—dijo con una media sonrisa.

Nos despedimos en la puerta de la panadería con un abrazo sentido y tembloroso. «Hasta pronto» me dijo Cinta enjugándose las lágrimas antes de abrir la puerta de su coche. Y en ese momento quise retener su esencia: la luminosidad y la calidez que desprendía, tan alejadas de la opacidad de su hijo. Me dije a mi misma que la cuidaría, que aunque ella dudase de que nos volviéramos a ver, yo haría lo posible para que nuestra amistad siguiera creciendo al margen de Nico.

22

Nico llegó, puntual, cuando estaba cerrando la maleta. Me contó todo lo que ya sabía, pero aún así le dejé que se explayara sin interrumpirle.

—Santiago, el padre de Lili, me ha ofrecido sucederle en la dirección de la compañía. No quiere retirarse del todo pero ya no le apetece seguir al frente. Se va a vivir a la playa con su mujer. Yo… es una oportunidad que no se me va a presentar otra vez y además está el bebé… es un buen comienzo y bueno…

Nunca le había visto tamborilear con las palabras. Reconozco que me producía un placer malvado verlo así, casi vulnerable, justificándose, desviando su mirada de la mía. Yo, por el contrario, no dejé de clavarle los ojos en ningún momento, inquebrantable.

—Vamos, que te mudas a Bogotá. Me parece muy bien.

—Sí… bueno… sólo me queda recuperar a Lili —dijo abatido—. Sus padres me han invitado al setenta cumpleaños de Teresa, quiero decir de la madre de Lili, pero no sé si ella estará contenta de verme allí, sigue sin contestar a mis mensajes, no quiere verme ni oírme, no sé cómo lo voy a hacer. Gala, creo que estoy enamorado de ella, de verdad. Quiero formar una familia, quiero que sea feliz. Pero no me manejo con los sentimientos, qué te voy a contar. Ya sé que no debería decirte esto a ti pero eres quien mejor me conoce, a pesar de todo y bueno… no sé… igual podrías ayudarme, hablar con ella.

Me di cuenta de que tanto Liliana como Nico me pedían ayuda continuamente. Además de encontrarme en medio de mi ex y su amante me estaba convirtiendo sin quererlo en su *coach* matrimonial.

—Ya he hablado con ella, Nico. De hecho, ya sabía todo lo que me acabas de contar. Lili está decepcionada y muy dolida, se siente doblemente traicionada. No sólo le has engañado conmigo sino que también has sido cómplice de la aventura de su padre, sabiendo que para ella era un tema delicado. Para ser tan analítico, lo has hecho fatal.

Me imaginé la comida de cumpleaños que le esperaba, la tensión que se respiraría en el ambiente, pero intuía que los padres de Lili suavizarían el terreno para hacer que ella recapacitara. Sabía que Nico no lo tendría fácil pero también sabía que acabaría ganando esa partida y que todo lo que había pasado entre ellos quedaría como una magulladura en su historial de campeón.

—Te va a costar recuperar su confianza, pero aún así creo que puedes convencerla esta vez. No tengo consejos para darte, no soy quién, ni me apetece. Ya he hecho más de lo que me corresponde, que no se te olvide que es a mí a la que has engañado, aunque nuestra relación estuviera muerta.

Cogí la maleta y enfilé el pasillo hacia la calle.

—¿Dónde vas? —me preguntó.

—De viaje con una amiga —contesté desde la puerta de casa.

—¿Y estas dos maletas? —dijo señalando mi pequeña mudanza concentrada a los pies de la cama—. Sabes que puedes quedarte en esta casa todo el tiempo que quieras…

—Me voy a vivir a Tarifa un tiempo. La semana que viene vengo a recogerlas. Y sí, te agradezco la oferta. Me quedaré con las llaves de esta casa el tiempo que considere necesario. Buena suerte, Nico.

23

Aterrizamos en el Aeropuerto Internacional Jorge Chávez a las siete de la tarde, después de doce horas de viaje que yo pasé prácticamente sumergida en la magia del Codex Seraphinianus y de ese mundo imaginario creado en los ochenta por el artista Luigi Serafini. Se había convertido en mi última obsesión. Me alucinaba ir descubriendo a alguien capaz de crear una enciclopedia ilustrada detallando las particularidades de un mundo completamente nuevo, diseñado al antojo de una mente privilegiada. Serafini lo abordaba todo: la flora y la fauna, la biología, la física y la química, la vida humana con sus usos y costumbres, los medios de transporte, la arquitectura, el ocio. Una tierra hipotética, a medio camino entre el surrealismo y la fantasía, entre lo sobrenatural y la locura, ilustrada con imágenes llenas de detalles y cargadas de color, tan bellas como perturbadoras. Un viaje lisérgico para celebrar la entropía y lo incomprensible.

¿No es eso la vida en sí misma?

El Codex Seraphinianus llegó a mis manos justo cuando lo necesitaba, para alterar mi estado de ánimo, como antes lo hicieran M. C. Escher, la dupla Bioy Casares-Borges o George Orwell. Cuando necesitaba que alguien me diera una colleja en la nuca *eh, tú, despierta!* para sacudirme el marasmo y sacarme de la peligrosa comodidad mental.

A Flor, que iba sentada a mi lado, lo de la entropía le sonaba a diagnóstico médico, así que me dedicó un rato de atención con generosidad hasta que le hizo efecto el Lorazepan y se quedó tiesa en el asiento. Le empujé delicadamente el mentón para que cerrara la boca cuando empezaba a babear y yo esperé a que me sirvieran un gin-tonic mirando por la ventana.

Fuera del avión, en ese momento, la realidad (¿debo decir mi realidad?) era nubes y océano. Básicamente gas (del latín: *chaos*) y agua (característica fundamental: sin forma definida). No se me ocurría mejor sitio en el que estar.

La azafata me trajo la tónica, la miniatura de ginebra y un palito de plástico para remover la mezcla. Un palito de plástico, a estas alturas de la revolución sostenible. Hice mi mezcla, la removí con el dedo meñique y felizmente atrapada en una nube, desenterré un antiguo juramento:

Entre la Muerte y la Nada, me quedo con la Muerte

Esta vez sí.

La casa de Flor estaba en el distrito de Barranco, un antiguo barrio de pescadores convertido hoy en el epicentro de la bohemia y el arte, lleno de palacetes y casonas de colores (*ranchos*, me corregiría ella), de tiendas *uber cool*, de galerías de arte y de restaurantes donde se sublima la gastronomía tradicional peruana. Flor me llevó al Puente de los Suspiros y me contó la leyenda, según la cual, si pides un deseo y cruzas el puente sin respirar, el deseo se cumple. Yo no quería perder ni un minuto más sin respirar y así se lo dije. Ella se limitó a asentir y me sonrió con dulzura. Fuimos a la Bajada de Baños y al Pasaje Oroya a ver los murales que inundan las fachadas de este barrio humilde reconvertido en un espacio democrático de arte urbano.

Visitamos el centro histórico, Callao, San Miguel y le pedí que me llevara a Miraflores para pasear por el que fuera el barrio de Ricardo Somocurcio antes de mudarse a París.

El 23 de Junio salimos en un vuelo de mediodía hacia Iquitos, para llegar a tiempo al "baño bendito", un baño en el río que los lugareños creen bendecido por San Juan Bautista y que es señal de purificación y nuevo comienzo. Vimos el "salto del Shunto" un ritual que se celebra la víspera de San Juan y en el que la gente salta por encima de una hoguera para ahuyentar a los malos espíritus. Comimos juane, un potaje de arroz envuelto en una hoja de bijao, la comida típica de ese día. Yo me concentré en absorber los rituales, los colores, la energía que se respiraba en esa noche tan mágica. Al día siguiente, Flor me llevó al barrio de San Juan a ver la procesión y el baile alrededor de la "Humisha", unas palmeras adornadas con regalos y cintas de colores. Cuando volvíamos de la procesión, vi que Lili me había mandado un WhatsApp con una fotografía en la que se mostraba sonriente junto a Nico y sus padres.

Liliana:

Espero que lo estés pasando bien. Hemos celebrado el cumpleaños de mi mamá y he decidido darle otra oportunidad a Nico. Creo que no sabe manejar bien sus emociones pero me siento feliz a su lado. Gracias por ayudarme siempre. Un beso.

Le deseé suerte y le dije que me alegraba por los dos, aunque en el fondo pensara que Lili no era consciente de que el verdadero problema de Nico no era la mala gestión de sus emociones, sino la preocupante ausencia de las mismas.

De vuelta en Lima no quise perderme una visita al Museo de Arte Contemporáneo y al Museo Pedro de Osma, una mansión maravillosa de principios del siglo XX que alberga una imponente colección privada de arte colonial. Mi vuelo salía a última hora de la tarde así que nos dio tiempo a celebrar una comida de despedida en la que agradecí a Flor su hospitalidad y el haberme permitido vivir toda la experiencia de su mano.

Mientras esperaba a que me llamaran para el embarque me puse a perder el tiempo en Instagram y vi una foto de mi amigo Jorge, bronceado y sonriente, al lado de una morena igual de risueña.

#tulum #paradise #goodvibesonly rezaba el pie de foto.

Supuse que sería su nuevo ligue y le mandé un mensaje.

Gala:

Qué mal vives, amigo. ¿Qué fue de Charlotte? Parece que ha cambiado de color e intuyo que de acento también… Me he separado de Nico… ya te contaré. He pasado unos días en Perú con una amiga y en un rato vuelo de vuelta a Madrid. Me mudo a Tarifa un tiempo… ¡tengo tanto que contarte! No sé si pedirte que me invites a una fiesta antes de irme ¡Besos, canalla!

Su respuesta fue inmediata.

Jorge:

Qué onda Galita ¿qué pasó con tu galán? Vente el sábado conmigo, hay una fiesta bien chingona en la galería de arte de un amigo. Apúntate, que aquí consigues reemplazo rápido!

Me brotó una carcajada. Qué grande, siempre tan libre.

Gala:

Jajaja. Mi galán era demasiado perfecto. ¿De qué va esa fiesta? Miedo me das… ¿Has cambiado las corralas por las galerías? ¡Te has sofisticado Jorgito!

Jorge:

¡Ya sabes que siempre hay que evolucionar mi Galita! Es la inauguración de una exposición muy cool, de un artista que se inventa mundos o algo así. ¡Está padrísimo!

Gala:

¿Un artista que se inventa mundos? ¿Cómo es eso?

Jorge:

No sé, pero ha creado un nuevo lenguaje y todo. Es un italiano muy chingón, surrealista. ¡Vente!

Se me hizo una bola en el esófago. No sería…

Gala:

¿Cómo se llama el artista?

Jorge:

Espera que lo busco. Luigi Serafini.

¿Perdón?

Gala:

¿Tu amigo representa a Luigi Serafini?

Jorge:

¡Sí! ¿Te cuadro una cita?

Gala:

No mames güey…

No pegué ojo en el viaje de vuelta. Tenía el estómago en marejadilla (¿o debería decir el alma?). Estaba dominada por una premonición que no sabía definir, una intuición sin su palabra oportuna, algo más grande que yo que avisaba con tomar el próximo rumbo. No puede ser. ¿Iba a conocer a Luigi Serafini? ¿Y quién sería ese amigo de Jorge? Sentí un presagio de emoción nueva, de esperanza, mezclado con algo oscuro que venía de otra parte sin identificar.

24

«Bienvenidos al Aeropuerto Adolfo Suárez Madrid Barajas. Son las dos y diez minutos hora local, la temperatura es de treinta y seis grados centígrados. Les agradecemos su confianza en Iberia y esperamos tenerlos pronto de vuelta a bordo».

Bip. Bip. Bip. Bip. Chillidos de WhatsApp hambrientos, con ansia de respuesta. Silencio al indiscreto y me desabrocho el cinturón aunque sigue encendido el piloto acusador encima de mi asiento. Hago un *scrolling* rápido. Las GoGirls de fiesta, crónica de una larga noche, angelitos míos. El proceso de destilación del vodka en doce fotos. Mi madre preguntando que si he llegado ya, qué cómo lo he pasado, que no me olvide de llamarla, un beso. Teresa dice que nos vemos pronto, que me acuerde de cortarle las uñas al gato, que como se le ocurra afilárselas en el sofá del salón lo devuelve a la calle. Y que me lleve un cepillo para que no le deje todo lleno de pelos. Yo le contestó que lo intentaré.

Hay un WhatsApp de Nico a las 02:01 que sólo dice Ga.

Last seen today at 02:02.

25

Mark:

Lili, ¿no es este tu novio?

Mark se estaba comiendo una pizza en La Candelaria cuando se fijó en la pareja que estaba sentada dos mesas más allá. Había visto esas caras antes. La *monita* con cara de inocente y ese muchacho que se enrollaba en el dedo derecho un rizo que tenía apoyado en la nuca.

Fingiendo que atendía una videollamada sacó una fotografía rápida con el iPhone en el momento en el que Julia miraba a Nico mientras éste le acariciaba el mentón.

Se la mandó a Liliana por WhatsApp.

Liliana:

¿Qué hace ahí Nico? Esa pendeja es… ¿Julia?

Mark:

Ah sí, eso, Julia la de tu papá, ¿cierto? Pues no estoy de guardia pero parece que la profesión me persigue. Y estos dos creo que también se tienen mucho cariño. Lo siento, Lili.

Liliana decide que se acabó, está enfurecida, más que nunca, pero esta vez actuará de forma lenta y delicada, como la princesa que él espera que sea. Nada de numeritos. Nico llegará a casa dos horas más tarde, muy cansado porque viene de un día intenso en la oficina, le explicará con cara de cachorro que se ha pasado el día encadenando reunión tras reunión.

Lili le ha pedido a Gladys que deje la lasaña lista antes de marcharse. Ya sabe, esa que tanto le gusta al señor. Sólo eso, sí, ella ya se encargará de dejar la mesa impecablemente vestida, de doblar pulcramente las servilletas de lino bordadas, de colocar al centro las flores frescas y los dos candelabros para que empiecen a llorar cera con suavidad. Nico no tiene hambre, se ha comido un par de sandwiches en el despacho, fríos e insulsos, frente al ordenador. Pobrecito.

Pero me gusta tanto tu lasaña mi amor, que comeré un poquito.

No es mía, es de Gladys.

No importa cariño, qué suerte tengo de tenerte, qué gusto llegar a casa así después de un día tan pesado.

Mastican y sonríen, ella lo mira con embeleso, la cabeza inclinada, la admiración concentrada en esa caída de ojos que no ha tenido que ensayar, ella que se ve de pronto como una alumna aventajada del método Stanislavski. Nico acaricia los dedos que Liliana posa delicadamente enfrente de él, inertes, desconectados del poder de esa caricia, de cualquier caricia suya finalmente. Es una noche fresca y cuando terminan de cenar fingen que ven una película en el sofá. En realidad Nico está pensando en lo bien que se lo ha montado, en lo buena que está Julia, en que pronto estará al frente de la farmacéutica de Santiago. Y también en que parece que Lili está más relajada, menos mal, qué coñazo lo de las hormonas en las embarazadas. *La niña la mantendrá entretenida, a ver si nace ya y se tranquiliza.*

Calcula en el reloj que han pasado los quince minutos de cortesía hasta decir «estoy agotado mi vida, no puedo más ¿nos vamos a la cama?». Lili contesta que ella también está cansada «este bebé me consume la energía» pero suplica dulcemente por un rato más. «Estamos tan bien aquí, quédate un poquito mi amor».

Liliana le masajea la nuca, conoce los tiempos, sabe que en apenas dieciséis minutos él estará desparramado como un saco de harina sobre el sofá. Baja el volumen de la película, hasta convertirlo en un rumor de fondo, coge la maleta del guardarropa de la entrada y vuelve a la cocina. Comprueba que lleva todo lo imprescindible en su bolso de mano: pasaporte, tarjetas, algo de efectivo por si acaso. Abre el cajón que está debajo de los fogones y coge su historial médico con todas las pruebas de embarazo. Se gira y observa a Nico, el brazo colgando del sofá, la respiración acompasada.

En un descuido, ay, ya se sabe, una mujer embarazada con las hormonas a tope, gira al máximo la manilla del gas del primer fogón, del segundo, del tercero, del cuarto.

Ay, qué despiste, el *baby brain* ¿sabes? la falta de claridad, los pequeños fallos, la amnesia temporal.

Todavía hay cuatro hornillos más, el que ocupa la parte central de la encimera tiene forma de supositorio gigante, alguna vez lo ha visto encendido, cuando Gladys prepara el asado de carne con romero.

Liliana cuenta uno, dos, tres, cuatro, al tiempo que hace girar hacia la derecha los mandos de los quemadores.

Un siseo sutil, un ligero aroma a huevo podrido.

Entonces coloca su bolso de mano sobre la maleta y enfila el pasillo hacia la puerta de la calle.

Comprueba su aspecto en el espejo que hay sobre el mueble de la entrada, un toque de *rouge* en los labios, tiene buena cara a pesar de todo, los seis kilos de más le confieren un aspecto saludable. Se ahueca el pelo, no le gusta que se le quede pegado en la coronilla, así mejor, ha leído que cuando dé a luz se le caerá a manojos.

Qué me importa, a quién le importa el pelo.

Se acuerda de que el idiota tiene un tic, puede verlo con claridad ahora mismo, haciéndose caracolillos en la nuca, el dedo índice enrollando un mechón y liberándolo acto seguido, lo hace cuando está concentrado, cuando está nervioso tal vez también.

Un gesto involuntario que lo delata hasta en las peores fotos de Mark, aquellas en las que aparece a lo lejos, como un actorucho de segunda.

Liliana abre la puerta y el sensor de luz del rellano se activa automáticamente, es su turno sobre el escenario y hoy representa un papel principal. El de una Macbeth que mira por última vez el pasillo de esa casa y la pintura picada de la pared allí donde chocó la bandeja de porcelana de Limoges. Respira hondo y se aclara la voz antes de mirar a su público y pronunciar una frase que cambiará su vida para siempre:

Descansa mi rey. Eternamente.

Printed in Great Britain
by Amazon